LE PIRE DES NOËLS

Spécial frayeur

LA LIGUE DE L'IMAGINAIRE

Le Pire des Noëls

Spécial frayeur

NOUVELLES INÉDITES

LE LIVRE DE POCHE

Les auteurs de ce recueil ont offert ces textes pour soutenir l'action du Centre de transcription et d'édition en braille (CTEB). Le CTEB et Le Livre de Poche tiennent à leur exprimer toute leur gratitude pour cette initiative.

ISBN : 978-2-253-25623-6 – 1re publication LGF

Les soirées du *Lapin chasseur*
par Bernard Minier

C'est pendant cette période qui court de Noël au Nouvel An, et que je consacre généralement à relire les classiques – Italo Calvino a expliqué pourquoi il faut relire les classiques : parce qu'un classique est un livre qui n'a jamais fini de dire ce qu'il a à dire –, cette période où aux longues rêveries se mêle le bruit de la pluie furieuse fouettant les carreaux, c'est à cette période donc que, comme chaque mois de décembre, je rejoignis mon ami Pierre au *Lapin chasseur* pour notre traditionnel dîner de fin d'année.

Je dus, ce soir-là, pour y parvenir, traverser un brouillard comme il en monte quelquefois de la mer du Nord, franchissant ponts et canaux presque invisibles au cœur de l'ouate grise, longeant, pour ne pas m'égarer, les façades sinistres qui ont dissimulé tant de crimes, tant de trahisons, tant de secrets, étouffé tant de cris, enclos tant de haines, qu'il en reste dans nos rues comme une méchante humeur. Car c'est en vain qu'on chercherait dans notre cité quelque paix de l'âme. Nos habitants s'endorment chaque nuit avec la peur des cauchemars qu'ils savent les attendre.

Aussi fut-ce avec soulagement et une forme de gaieté que je franchis le seuil bruyant et gagnai la table où se trouvait déjà mon ami Pierre.

Au *Lapin chasseur*, d'une année sur l'autre, le menu ne varie guère : pain de viande avec pomme, boudin blanc et bacon, *scampi* à la crème, vichyssoise d'asperges, crêpes, crumble à la rhubarbe, café noir et cognac. À l'inverse, j'observe, d'année en année, les changements qui s'opèrent chez mon vieil ami – comme il doit les observer sur moi. C'était le même Pierre que l'année précédente. Il s'habillait toujours comme un dandy, portait le même costume usé, affichait le même sourire désenchanté. Il me sembla toutefois que ses cheveux avaient reculé sur son front, que les poches sous ses yeux s'étaient alourdies, que le pli de sa bouche était plus amer. Mais venons-en aux faits.

Comme tous les ans, histoire d'avoir des choses à nous dire, nous avions choisi par avance un thème. Cette année, il s'agissait de « la plus grande frayeur que nous ayons éprouvée dans nos vies ». Pierre était comme moi un lecteur *aficionado* de Poe, de Lovecraft, d'Algernon Blackwood, de Maupassant et du génial Belge Jean Ray ; aussi trouvions-nous le sujet de la peur des plus stimulant. Quand on arrive à nos âges, on a plus d'une fois eu l'occasion – sauf à vivre reclus – de se faire peur. Nous attendîmes comme d'habitude le dessert – une simple gaufre au sucre pour moi, une crêpe flambée au Grand Marnier pour lui – et l'excellent café du lieu suivi d'une non moins remarquable fine champagne, puis je priai Pierre de commencer. Il rassembla un instant ses idées, puis m'avoua que sa plus grande frayeur (comme je m'y attendais : il avait été capitaine dans la marine marchande), il l'avait éprouvée en mer.

— Sais-tu ce que c'est qu'une vague scélérate ? me demanda-t-il.

J'avais une certaine idée de la chose, mais je le laissai poursuivre.

— Une vague scélérate est une vague monstrueuse qui surgit en pleine mer, une déferlante gigantesque – elles peuvent atteindre jusqu'à trente mètres de haut –, aussi bien par temps calme que par tempête. C'est longtemps resté un mythe, malgré les nombreux témoignages de marins, jusqu'à la « vague Draupner », aussi connue sous le nom de « vague du Nouvel An », qui a frappé la plate-forme pétrolière Draupner, au large de la Norvège, le 1er janvier 1995.

Oui, j'avais entendu parler de vagues semblables. Il faut dire que, dans ma jeunesse, j'étais friand de récits d'aventures, de marins et d'explorateurs. Je me souvins que Dumont d'Urville avait rencontré des vagues gigantesques au large de la Nouvelle-Guinée, à bord de son trois-mâts, *L'Astrolabe*, et que, presque un siècle plus tard, le journal de bord de l'explorateur naufragé Ernest Shackleton faisait état d'une vague toute pareille tandis qu'à bord d'un canot de sauvetage les rescapés de *L'Endurance* tentaient de rejoindre l'île de Géorgie du Sud à travers les eaux les plus périlleuses du monde.

Pierre me raconta comment un tel monstre liquide avait failli l'engloutir lui aussi, avec son navire, *Le Wendigo*, par une nuit de pleine lune et une mer d'huile au large des Açores en août 2003. Comment lui et son équipage avaient vu surgir de nulle part, alors que la mer était parfaitement calme, cette montagne d'eau grondante, ce terrifiant Léviathan, et comment, pour la première fois de sa vie, en prévision de l'effroyable assaut, il avait poussé un cri de terreur et prié. Il me décrivit les derniers instants, quand ils étaient au pied de la muraille d'eau comme au pied d'un immeuble de dix étages, et j'en frissonnai. Puis, subitement, il perdit tout intérêt pour la chose et boucla son récit en deux phrases :

— Le navire, me dit-il, n'a subi que peu de dommages en fin de compte. Pourtant, j'ai bien cru ma dernière heure arrivée.

J'étais un peu déçu par la chute, je dois dire. Je m'attendais à quelque chose de plus… *héroïque*. Ou alors à quelque franche démonstration de lâcheté qui eût laissé en lui une trace indélébile de culpabilité, à la manière du lord Jim de Conrad. Mais rien de tout ça. Je fus assez irrité mais compris que le temps là aussi avait fait son ouvrage : même notre petit rite annuel avait fini par perdre de son intérêt à ses yeux. Peut-être me voir vieillir une fois l'an lui rappelait-il trop son propre vieillissement. Peut-être lui rappelais-je sa jeunesse enfuie.

— À toi, me dit-il, la plus grande frayeur de ta vie…

Je n'eus pas besoin de réfléchir. Plutôt de calmer les battements de mon cœur. Car, même après un demi-siècle, la terreur était toujours présente. Chose curieuse, puisque la réalisation des funestes augures que je vais décrire aurait dû l'avoir vidée depuis longtemps de sa substance.

— Je n'avais pas tout à fait douze ans quand la fête foraine s'installa près de chez nous, commençai-je.

Je vis Pierre me fixer avec un regain de curiosité assez féroce. Sans doute le léger tremblement dans ma voix l'avait-il prévenu du caractère très sincère du témoignage que je m'apprêtais à délivrer.

— Par « chez nous », je veux dire cette ville sans autre grâce que la brique de ses façades, poursuivis-je avec un geste ample vers l'extérieur. L'automne l'avait dépouillée de ses tendresses estivales et lui avait rendu ce visage triste et nu que nous lui connaissons la plupart du temps, avec ses cieux pleins de nuages qui pèsent sur les toits et les clochers et qui ont inspiré tant de peintres.

Pierre eut un sourire indulgent : il connaissait mon penchant pour les grandes envolées dû à ma longue fréquentation – comme je l'ai dit – des classiques.

— Aussi, la venue, chaque année, de la fête foraine réjouissait-elle nos cœurs d'enfants avides de nouvelles expériences et d'évasion. C'était bien avant qu'on se rencontre.

Il hocha la tête : nous nous étions connus à l'université. Hochement de tête qui m'invitait aussi à accélérer un peu.

— Mais, cette année-là, il y avait une attraction nouvelle…

Je marquai une pause destinée à aiguiser sa curiosité.

— Un curieux manège qui tenait à la fois du train-fantôme, de la maison hantée et de la diseuse de bonne aventure, planté un peu à l'écart de la fête, après la dernière roulotte.

Je portai à mes lèvres l'excellente fine.

— Bref, cette baraque nous intriguait au plus haut point, mes camarades et moi, et, après être sortis dans le dédale tortueux de notre ville, après avoir rejoint le terrain vague où se dressait la fête foraine, aux limites de la vieille cité, après avoir traversé une bonne partie du périmètre et dépassé les principales attractions, nous arrivâmes devant le manège sur lequel étaient peintes de couleurs vives des images propres à échauffer durablement l'imagination d'un enfant : un gamin rieur, un couple amoureux qui s'embrasse, un vieillard courbé sur sa canne, un ciel d'orage traversé d'éclairs, de fantômes, de chauves-souris et de corbeaux. Et cette phrase mystérieuse en grosses lettres :

VENEZ AFFRONTER
LA PLUS GRANDE FRAYEUR DE VOTRE VIE

— Vraiment ? me dit Pierre. Voilà qui tombe à point nommé pour notre petite soirée !

Je hochai la tête avant de poursuivre :

— « Pas chiche d'entrer », a dit à côté de moi, ce soir-là, mon copain Charlie.

Ce disant, je lui décrivis Charlie : Charlie était un garçon débonnaire plus porté sur les glaces italiennes et les gaufres que sur l'étude et le sport. Charlie avait une mèche qui lui retombait sur le front, des joues rondes et des yeux étonnamment sagaces pour un garçon de son âge, mais, en cet instant, quand je tournai mon regard vers lui, je lui trouvai un air plutôt diabolique.

« Pas chiche », répéta-t-il.

Je regardai les autres. Tous m'observaient, dans l'attente de ma décision, dont dépendrait, je le compris instantanément, ma réputation pour les années à venir. Il y a des moments dans la vie où il faut mettre ses actes en conformité avec ses paroles et, comme j'étais, malgré ma silhouette malingre et ma taille inférieure à la moyenne, le chef autoproclamé de cette joyeuse petite bande, et que je parlais tout le temps d'aventures, d'expériences et de courage avec l'autorité et l'aplomb que confère en général l'ignorance du sujet qu'on aborde, je savais que tout ce qu'il me restait à faire, si je voulais sauver mon prestige et mon crédit, était d'entrer là-dedans.

« Et toi, t'es chiche ? » dis-je pour gagner du temps.

Mais ma contre-attaque fit long feu.

« C'est pas moi, le chef », répliqua Charlie finement, car Charlie, sous ses dehors placides, ne manquait pas d'une certaine agilité d'esprit.

« Il a raison, renchérirent les autres. C'est toi, le chef. C'est à toi d'y aller… »

Merde, c'était quoi ça : une mutinerie ? D'accord, d'accord… Les copains avaient l'intention de me faire entrer dans ce truc et, si je refusais, je savais que je tomberais pour longtemps en disgrâce.

« Quelqu'un pour m'accompagner ? » demandai-je un peu perfidement.

Comme je m'y attendais, il n'y eut pas de réponse.

Je pris mon courage à deux mains, comme on dit dans les livres, expression dont le sens m'a toujours échappé, sauf peut-être ce soir-là, et mis un pied sur les marches métalliques et grinçantes qui conduisaient à l'entrée du manège. Je jetai un coup d'œil derrière moi. Les copains m'observaient avec un mélange d'intense curiosité et d'amusement. Un tel manque de solidarité me laissa un instant sans voix.

Mais, après tout, on était dans une fête foraine, et il ne s'agissait que d'un manège : il ne pouvait recéler de réel danger et, si j'avais une trouille de tous les diables une fois à l'intérieur, personne ne serait là pour le voir et le rapporter aux autres.

L'entrée du manège consistait en un simple rideau rouge qu'il fallait écarter. On se retrouvait alors dans un étroit corridor éclairé par des lampes également rouges, et probablement bien moins long que mon imagination et ma mémoire ne me le représentent aujourd'hui, car le regard d'un enfant a tendance à grandir tout ce qu'il voit. Je faillis me trouver mal à cause du relent de renfermé et d'encens qui me frappa les narines. Au fond du couloir, sur la gauche, il y avait une ouverture donnant sur une autre pièce. Sans rideau ni porte. Une intense lumière bleue en émanait, repoussant la clarté rouge du couloir comme les eaux d'un fleuve viennent se mêler à celles de la mer.

« Approche, n'aie pas peur », fit soudain une voix provenant de la pièce voisine.

Une voix grinçante, éraillée, chuintante de vieille femme, qui n'avait rien de rassurant en dépit de l'injonction.

Dieu tout-puissant ! pensai-je en sursautant. *Putain de merde de bordel à cul ! Saloperie de saleté de putain de nom de Dieu !* Car nous avions secrètement, mes camarades et moi, un goût prononcé pour les grossièretés, les jurons, les blasphèmes, et toutes sortes d'horreurs langagières imagées et frappantes qui auraient fait se dresser les derniers cheveux sur la tête de notre professeur de français. Surtout dans des moments de tension comme celui-là.

Je ne sais pas où je trouvai la force d'avancer vers cette lumière. Mon palpitant palpitait, et j'avais l'impression qu'il était coincé quelque part dans ma gorge.

J'atteignis l'embrasure et me tournai vers la gauche, sur le seuil de la pièce. Non seulement la femme assise derrière une table ronde était très vieille, mais c'était aussi la créature la plus laide que j'aie jamais rencontrée, et à elle seule elle justifiait la phrase placardée à l'entrée. Souvent, je me suis demandé si, avec le temps, je n'ai pas exagéré cette laideur, mais je ne crois pas. Déjà, à cet âge, j'avais commencé à comprendre que la vie a plus d'imagination que n'importe lequel de mes auteurs préférés.

Elle était en chemise, les cheveux défaits. Ses yeux presque entièrement blancs étaient opacifiés par un voile de cataracte et, bien qu'elle dût être en partie aveugle, elle les bougeait d'un côté à l'autre comme un animal. Son nez jaillissait tel un promontoire d'os au centre d'un visage tout jaune et fripé, et son sourire rusé s'ouvrait sur de petites dents noires tandis qu'un mégot était coincé à la commissure de ses lèvres. En outre, tout en elle était crasseux ; la pièce empestait le tabac, la sueur, le manque d'hygiène, puanteur qu'un parfum d'encens et de benjoin ne parvenait pas à masquer tout à fait.

« Assieds-toi », dit-elle d'un ton sans appel.

Je frissonnai en entendant cette voix râpeuse comme du papier de verre. Elle retira un instant le mégot de sa bouche, essuya ses lèvres avec un mouchoir sale, cracha dedans. Là encore, je me demande pourquoi je n'ai pas pris mes jambes à mon cou. Sans doute pour ne pas passer pour un poltron auprès de mes camarades. Ou bien parce que je craignais de désobéir à cette terrifiante apparition. En tout cas, je me demandai, ce soir-là, s'il était possible de mourir de peur comme je l'avais lu quelque part.

Je me trouvais dans une pièce à peine plus grande que ma chambre, encombrée de meubles vieillots, de lampes à abat-jour, de bibelots. Au-dessus des étagères pleines de vieux livres, il y avait divers animaux empaillés : une chouette au regard fixe, un renard au museau chafouin dont les yeux de verre me fixaient, un corbeau aux plumes noires et au bec menaçant.

« Tu vois cette boule ? me dit-elle une fois que je fus assis sur une chaise dure. C'est la chose la plus incroyable du monde. »

Je regardai l'objet qui se trouvait au centre de la table, posé sur un napperon de dentelle. Une sphère en verre d'environ trente centimètres de diamètre qui semblait remplie d'une sorte de brume bleue. Je voyais mon visage perplexe se refléter dedans, mêlé aux vapeurs ondoyantes.

« Qu'est-ce que c'est ? dis-je.

— Une porte ouverte sur ton avenir. Dix francs et tu auras le droit de regarder dans la boule. »

Dix francs ! pensai-je. C'était presque le prix de deux livres ! Et je me souviens qu'il y en avait deux que je convoitais à la maison de la presse. Tout en parlant, elle laissait tomber la cendre de sa cigarette sur sa chemise et faisait de grands gestes. Ses doigts rouges et griffus laissaient deviner une avidité non moins immense que ma peur en cet instant.

« Allons, dix francs, mon garçon, qu'est-ce que c'est ? Tu as une tête à avoir de bonnes notes à l'école. Je suis sûre que tes parents te donnent un peu d'argent de poche et qu'ils sont fiers de toi, je me trompe ?

— Avec dix francs, je peux avoir deux livres à la maison de la presse », rétorquai-je, car, malgré ma peur, l'arrogance de la vieille m'avait mis en colère.

Un bout de langue grise jaillit de sa bouche comme un lézard de son trou :

« Et tu crois que ce que tu vas voir là-dedans se trouve dans tes livres ? Tu n'auras qu'à dire à tes parents que tu as perdu tes dix francs. Allons, qu'est-ce que tu attends, morveux ?

— Qu'est-ce que je vais voir là-dedans ? » demandai-je, curieux mais prudent.

Le bout de langue reparut ; elle en retira deux brins de tabac.

« Tu vas voir ton avenir, *tout* ton avenir, *ta vie future*... »

J'eus l'impression qu'elle s'adressait autant à elle-même qu'à moi. Je me sentis défaillir et regrettai de ne pas avoir filé. Mais une petite voix intérieure me disait que je n'avais plus le choix ; je compris qu'il fallait en passer par là. *Finissons-en*, me dis-je. Et puis, je pourrais ensuite parader devant mes copains – avec quelques embellissements, puisqu'aucun d'eux n'oserait venir vérifier – et je me dis que cet épisode allait renforcer ma stature et mon ascendant sur eux.

Je tirai les dix francs de ma poche, les tendis par-dessus la bulle de verre et aussitôt la serre rapace de la vieille les fit disparaître.

« Et maintenant ? » dis-je en me rendant compte que j'avais la gorge serrée.

Elle tendit le bras vers un interrupteur et la lumière s'éteignit. D'un coup, la pièce fut plongée dans l'obscurité. À l'exception d'une lueur émanant du centre de la boule : un petit soleil d'or cerné par les brumes bleues emprisonnées dans la sphère. Elle posa ses doigts crochus sur le sommet du verre et alors, comme si elle réagissait à sa caresse, la lumière se changea en une brillance vert-jaune hypnotique, qui passa ensuite à un rouge-orangé incandescent, puis au pourpre et au carmin les plus vifs, au mauve, au violet, à l'indigo le plus pur – explorant tout le champ chromatique, projetant sur les cloisons de la pièce des pulsations radiantes, et j'eus l'impression que mon cerveau s'engourdissait, s'alourdissait, que toute mon énergie me quittait pour être aspirée par la boule.

« Penche-toi. »

Je le fis.

« Encore. Plus près. »

Le bout de mon nez touchait presque le verre à présent. La boule envahit mon champ de vision. Mon système limbique se mit au diapason de ces ondes pulsatives, de ces lueurs, épousant leur rythme ensorcelant, tout mon être aimanté vers ce soleil au centre de la boule, cette pulsation de lumière.

Et alors, je vis.

— Tu as vu quoi ? s'impatienta Pierre. Qu'est-ce que tu as vu de si effrayant ?

Il se penchait par-dessus notre table, avec dans le regard un éclair de folie et d'incrédulité mêlées.

— J'ai vu l'impensable, répondis-je, ce qui ne pouvait être et pourtant était. Je ne sais pas comment le définir. Des flashs synesthésiques associés aux couleurs réveillèrent quelque chose… une mémoire inversée… une *mémoire du futur*. C'était moi sans être moi… un autre moi, plus adulte, plus vieux… Elle avait dit vrai : tout y était, tel que je l'ai vécu depuis, mes études d'avocat et mes premiers succès, mes trois mariages, la mort de ma première femme de maladie, l'accident qui a emporté la seconde, la troisième qui m'a ruiné à cause de ses goûts de luxe avant de demander le divorce pour épouser notre député, lequel avait table ouverte chez nous avant cela, la naissance de mes quatre enfants, qui ont fui cette ville triste et se sont dispersés aux quatre coins du monde, de sorte que je les vois rarement, mes collègues de travail, certains aimables, joyeux, de franche et bonne compagnie, les autres sournois, hypocrites, platement cyniques ou secrètement jaloux de mon ascension au sein du cabinet, le procès pour escroquerie, la déchéance dans l'alcool, la dépression, les tentatives de suicide, la solitude… Tout !

— Doux Jésus ! dit-il d'une voix blanche. C'est impossible ! Enfin, Bernard, c'est absurde !

Il s'était dressé d'indignation sur sa chaise, comme si un reste d'esprit scientifique lui interdisait de gober de telles sornettes, comme si attendre de lui qu'il me crût était une insulte à son intelligence.

— C'était ma vie, insistai-je. C'était elle ! Telle que je l'ai vécue depuis et même au-delà, puisque j'ai vu le vieillard que je serai bientôt. Et quel enfant pourrait affronter cela, dis-moi ? Y a-t-il chose plus effrayante pour un enfant que la vie qui l'attend et que, par bonheur et pour sa santé mentale, il ignore encore ? Cette vie qui sera si éloignée de ses rêves de grandeur et de ses illusions… Oui, c'était ma vie :

celle que tu connais… Une vie avec ses hauts et ses bas, ses grandes douleurs, ses terribles épreuves et ses petites joies, mais en même temps maudite aux yeux de l'enfant que j'étais. Oh oui, maudite, maudite !… Mille fois maudite !… Car je ne voulais pas de cette existence terne, et j'avais peur de la mort qui est au bout. Qui n'aurait pas eu peur à ma place ? J'avais des rêves de grandeur, comme tous les enfants en ont, et voilà qu'on me promettait une existence où les peines seraient plus nombreuses que les joies, les échecs et les renoncements plus nombreux que les triomphes, si on pouvait parler de triomphes… Aussi, peu de secondes après, je poussai un hurlement affreux, reculai violemment ma chaise qui tomba à la renverse et courus vers la sortie, mû par un horrible désespoir, émettant une plainte interminable, une lamentation sans fin. Seigneur, épargnez-moi cette vie ! pensai-je. Je ne veux pas la vivre ! Donnez-m'en une autre ! Je vous en supplie !

Peu m'importait alors de faire bonne figure : j'avais aussi vu ce qu'il adviendrait de mes camarades, et je savais qu'aucun de nous ne réaliserait ses rêves. Aucun !

« N'entrez pas ! prévins-je en jaillissant hors de la baraque infernale. N'y allez pas !… Ne regardez pas dans la boule !… »

Et je m'enfuis en hurlant.

— Voilà, dis-je d'une voix redevenue calme, voilà la plus grande frayeur que j'ai connue…

— C'est une histoire, pas vrai ? me dit-il, le regard plein d'une douloureuse incertitude. Tu viens de l'inventer…

Une telle naïveté me fit sourire.

— Je ne sais pas, dis-je, qu'en penses-tu ? Et si ce n'était pas le cas ? Avoue que c'est une question intéressante. *Comment aurait réagi l'enfant que tu as été, et que tu n'es plus depuis longtemps, s'il avait pu connaître par avance la vie qui l'attendait, dis-moi ?*

À ces mots, je le vis se rapetisser, entrer en lui-même ; je vis son regard se ternir. Je savais qu'il en était pour lui comme pour tous les autres : l'enfance est une maladie dont on ne guérit jamais. Pendant une minute, nous restâmes silencieux, l'horloge sonna minuit. Je vidai mon cognac.

— Il est temps que j'y aille, dis-je. L'année prochaine, si nous sommes encore là, nous trouverons un sujet plus gai.

Le lac

par Olivier Bal

20 décembre 2025, lac Sutton, Oregon

Je n'aurais jamais dû venir ici. C'est la première pensée qu'a Kyle Stetzer en garant son Defender face au lac Sutton. Il lui a fallu plus d'une heure à tourner sur une route en lacets pour rejoindre le fond du cratère de l'ancien volcan. À plusieurs reprises, Kyle a failli faire demi-tour, convaincu qu'il s'était trompé de route. En l'absence de signal, son GPS ne lui était d'aucune aide, s'évertuant à marquer une zone grise.

« Le bout du monde. » Damian ne lui avait pas menti. Kyle sort sa valise du coffre du 4 × 4, saisit un sac rempli de provisions et se dirige vers le petit chalet en bois. D'un coup d'œil, il embrasse l'immensité qui l'entoure. L'endroit est impressionnant. Le lac, les sommets enneigés. Le blanc qui recouvre tout. La route, les pins. Un monde ouaté, comme assoupi.

En suivant les indications données par Damian, il trouve les clés sous un pot. À l'intérieur du cabanon, ça sent le vieux bois et la poussière. Il active le compteur électrique, démarre un feu dans le poêle. Puis entrepose les courses dans le réfrigérateur Admiral, une antiquité dont il s'étonne qu'elle fonctionne encore. Tout est si calme. Le silence, simplement entrecoupé du tic-tac d'une horloge ancienne, accrochée à un mur.

C'est la fin d'après-midi quand, enfin, Kyle allume la chaîne hi-fi aux enceintes corrodées, lance un CD, le seul qu'il ait trouvé : Bach, *Suites pour violoncelle*. Il attrape un plaid, sort sur la terrasse face au lac, et s'installe dans un fauteuil Adirondack. Il s'est servi un verre de whisky. En guise de glaçon, il saisit une poignée de neige qu'il laisse fondre dans le spiritueux. Une première gorgée. La sensation de chaleur dans son palais. Un seul verre par jour. Il se l'est promis.

Kyle aimerait se sentir bien. Se laisser bercer par la danse des pins sous le vent, le bruit diffus des monceaux de neige qui chutent des branches, les reflets changeants de l'eau qui renvoient une image inversée du paysage. Mais impossible de ne pas songer à elle. Le 24 décembre, ça fera un an. Kyle repense à sa discussion avec Damian, qui l'a mené jusqu'ici : « Je vois bien que ça ne va pas, Kyle. Prends un peu de recul, va te mettre au vert. Je connais un endroit. Un endroit spécial. Un chalet au bord du lac Sutton. Là-bas, tu pourras te ressourcer, faire le point. J'y ai séjourné à plusieurs reprises. Chaque fois, j'en suis revenu changé. »

Faire le point… Kyle a fini par écouter son meilleur ami et partenaire. Malgré leurs récentes déconvenues, les conneries qu'il a pu faire, Damian n'a jamais cessé de le soutenir. Contre le conseil d'administration, contre le monde entier. Damian et lui ont tout vécu ensemble. Vingt ans d'une amitié qui les a vus affronter les pires tempêtes. Ils ont créé Orion à partir de rien. Kyle Stetzer, le génie visionnaire. Damian Mayfield, l'entrepreneur né. Ils se sont rencontrés sur les bancs de Stanford. Kyle, étudiant boursier, solitaire, avait un rêve. Initier une révolution dans l'automobile. Développer un moteur électrique au rendement jamais vu, en s'appuyant sur des supraconducteurs méconnus, les hydrures. Dans le garage de ses parents, il avait déjà démarré des tests sur des moteurs miniatures. Il avait même créé un embryon de société baptisée Orion. Damian, héritier d'une grande famille californienne, l'a aidé à lever des financements. Lui a donné des ailes. Le chemin a été difficile. Pendant longtemps, leur entreprise a été la risée du marché de l'automobile. Kyle conserve encore, au-dessus de son bureau à Palo Alto, parmi les couvertures de *Wired* et du *Time* qui lui ont été consacrées, les premiers articles sur leur jeune compagnie : « Orion, chimère du véhicule électrique ? », « Orion, escrocs ou illuminés ? » Les lobbys des constructeurs traditionnels ont tout fait pour les mettre à terre. Mais aujourd'hui, Orion est incontournable. En 2025, 1 800 000 Orion Nexus ont été assemblées en usine… Après son moteur révolutionnaire, Kyle s'est lancé, il y a cinq ans dans une nouvelle aventure, créer une voiture intelligente totalement autonome. « Stetzer, le futur Edison ? » a récemment titré *Forbes*. Kyle boit une gorgée de whisky. S'ils savaient…

Sur le bureau en acajou du chalet, l'entrepreneur a déposé le porte-document rouge avec la résolution de dissolution préparée par son cabinet d'avocats. Il n'en a pas parlé à Damian. Mais, après tout, il reste l'actionnaire majoritaire d'Orion. Cette société, c'est son enfant. Il en fera ce qu'il veut. Avant le 25, il aura pris sa décision.

Le soleil a disparu derrière les reliefs acérés du cratère. Une chape d'ombre s'étend sur le lac. La nuit tombera bientôt. La température, déjà, commence à chuter. Son verre vide en main, Kyle a l'envie, quasi irrépressible, de se resservir. Mais il se retient. S'il est ici, c'est aussi pour ça. Reprendre le contrôle. « Tu es en train de tout foutre en l'air, Kyle. La défonce, l'alcool, toutes ces soirées. Rien ne ramènera Jessie. »

Il s'apprête à retourner au chaud, quand il remarque du mouvement sur le versant opposé du lac. Là-bas, au bord d'un ponton, devant un petit chalet semblable au sien, il y a quelqu'un. Une silhouette qui semble le fixer. Kyle lève un bras pour saluer cet inconnu. Mais l'autre, en face, ne réagit pas, demeure raide. Les mains en porte-voix, Kyle crie alors : « Salut, ça va ? » Sa voix se démultiplie en écho dans le cratère submergé. Aucune réponse en retour. L'homme reste pétrifié sur son ponton, les bras ballants. *Qu'il aille se faire foutre*, pense Stetzer. Il réprime un frisson, rentre dans le chalet et rabat les rideaux de la baie vitrée.

Bam-bam. Kyle fait encore le même cauchemar. À une différence près. Il est à l'extérieur de la voiture, alors que le semi-remorque approche. Jessie, bloquée dans l'habitacle de la Nexus, frappe contre le pare-brise pour que son mari lui ouvre. Il est encore temps. Mais Kyle est incapable de bouger. Le camion arrive. *Bam-bam.* Le poing de sa femme qui s'écrase sur la vitre.

Bam-bam. Stetzer écarquille les yeux dans l'obscurité. Il tend l'oreille. Le ronflement du réfrigérateur.

Le souffle du vent à l'extérieur. Et autre chose. Des tapotements contre les parois en rondins. Il se redresse, va vérifier par la fenêtre. La nuit est sombre. Dehors, il neige, mais aucun mouvement. Pourtant, les bruits gagnent en intensité. Comme si quelqu'un s'amusait à tourner autour du chalet et en frapper les murs. Ça vient de derrière lui, des côtés. De partout. Une pause, enfin. Kyle s'autorise à respirer. Puis, un coup puissant à la porte fait trembler l'ouvrant. Un martèlement plus qu'autre chose. Il se colle contre le bois, demande : « Il y a quelqu'un ? » Pas de réponse. Rassemblant son courage, il déverrouille. Personne dehors. Il vérifie à droite, à gauche. Que les ténèbres. Et cette neige. Il se saisit d'une lampe torche, va sur le perron. Aucune trace de pas. Ce n'était rien. Certainement un oiseau, un pivert, peut-être. Kyle se sent ridicule, en caleçon, sa couverture sur les épaules, au milieu de la nuit glacée. Il revient vers l'entrée quand son pied bute contre un objet au sol. C'est un galet noir. Comme ceux que son épouse, Jessie, ramenait de leurs balades sur la plage de Bean Hollow. Ça doit être un hasard. Juste un hasard. Il le jette au loin.

Alors qu'il s'assure que la baie vitrée est bien fermée, il note qu'une lampe est allumée dans le chalet du versant nord du lac. L'impression, pendant une seconde, que son voisin l'observe derrière ses rideaux. Puis, les lumières s'éteignent. Kyle retourne dans son lit. Tente de se calmer. Il n'a pas l'habitude d'un tel isolement. Il lui faut juste un peu de temps.

21 décembre 2025, lac Sutton, Oregon

La journée s'écoule dans un brouillard cotonneux, tandis que, dehors, un rideau de neige barre la vue. Pour s'occuper, Kyle extrait d'une étagère un livre intrigant. *Histoires et légendes d'Oregon*. Il lance le CD de Bach dans le lecteur et commence à le feuilleter. Entre les étranges disparitions de la forêt de Redwoods, le trésor caché de la montagne Neahkahnie, un chapitre attire son attention, consacré au lac Sutton. Le titre, racoleur, le fait sourire. « Les damnés du lac Sutton ». Il s'installe sur l'épaisse couette de son lit et en débute la lecture. L'auteur y parle de la formation du lac Sutton, remontant à plus de cinq mille ans. L'effondrement du volcan Mazama a créé une caldeira qui s'est remplie d'eau avec le temps. Aujourd'hui, le lac atteindrait une profondeur abyssale de six cents mètres. Dans une seconde partie, l'écrivain revient sur le mythe entourant le lac. Comme souvent, tout part de faits réels… À l'hiver 1873, alors qu'ils sont parqués dans une réserve par l'État américain, une soixantaine de membres du peuple autochtone modoc décident de fuir pour regagner leurs terres dans la région du lac Tule. Bientôt, ils sont traqués par cinq cents militaires menés par le général Sutton. Acculés, ils se réfugient au cœur de ce cratère, au bord de ce même lac. Pendant plusieurs jours, les guerriers défendent vaillamment leur position. Mais Sutton parvient à faire une percée. Face aux fusils de leurs ennemis, les Modocs n'ont d'autre choix que de tenter la traversée du lac gelé. Sutton ordonne que l'on tire au canon sur l'étendue d'eau, faisant céder la glace. Aucun autochtone n'y survit. Des dizaines d'hommes, de femmes, d'enfants meurent noyés. Avec le cynisme qu'on leur connaît, les autorités américaines baptiseront le lieu du nom du général Sutton, grand libérateur de l'Amérique… Depuis, la légende veut que, lorsque l'on plonge son regard dans les profondeurs du lac Sutton, les fantômes qui nous hantent remontent à la surface. *Un tissu de conneries*, songe Kyle en envoyant balader l'exemplaire sur le parquet fatigué.

Cette journée interminable, la sensation d'étouffer dans cette cabane minuscule… Comme s'il se faisait enterrer vivant sous des tombereaux de neige. Kyle a désespérément besoin d'un verre. Il attrape la bouteille, un verre, siffle le liquide ambré d'une traite. Se sert une nouvelle rasade qu'il avale aussi vite. Tant qu'il garde le contrôle, tout ira bien. Il est maître de lui, de ses pulsions. Il arrêtera de boire quand il le voudra.

En fin d'après-midi, alors que la masse de nuages se dissout, et qu'une demi-bouteille de whisky s'est évaporée, Kyle va faire un tour à l'extérieur.

D'un pas chancelant, il approche du rivage, s'abaisse devant l'eau aux teintes émeraude. Il distingue son reflet. Ses cheveux légèrement frisés, sa barbe de quelques jours. Il se sourit à lui-même. Sous l'effet d'une brise, la surface frémit et son image s'étire et se décompose. Il relève la tête. Sur l'autre versant, son voisin est aussi dehors, de dos, il semble clouer des planches contre sa baie vitrée. Au bout d'un moment, l'individu se retourne, aperçoit Kyle et disparaît, comme pris de panique, à l'intérieur de son chalet. *Ce type n'est pas net. Certainement une sorte d'ermite,* songe Kyle avant de revenir vers son cabanon. Il tire les rideaux. Ajoute une bûche dans le poêle. En préparant son repas, il constate que l'horloge s'est arrêtée de fonctionner. Ses aiguilles figées à l'horizontale, sur neuf heures quinze. Kyle n'est pas mécontent que le mécanisme ait cessé son insupportable tic-tac. Il se ressert un verre. Cette nuit, saoul comme il l'est, il dormira.

22 décembre 2025, lac Sutton, Oregon

Stetzer est frigorifié. Voilà plus de vingt minutes qu'il marche en longeant le lac. Ses pieds s'enfoncent dans le duvet immaculé qui renvoie mille éclats de diamants. À chaque respiration, sa bouche laisse échapper un nuage de condensation. Malgré la fatigue, il est décidé. Il va se confronter à son voisin. Si c'est lui qui le terrorise chaque nuit, il lui en fera passer l'envie. Dans son dos, le vieux fusil qu'il a emporté. Il ne cédera pas. Personne ne lui fait peur. Rien ne lui fait peur.

Au cœur de la nuit, le même manège dément s'est reproduit. Les cognements autour du chalet. Puis deux coups à la porte. Kyle s'est saisi du fusil entreposé dans la remise, en a vérifié les cartouches. Il espérait que le tromblon, à défaut d'être en état de faire feu, s'avère au moins dissuasif. Dehors, sans surprise, il n'y avait rien. Rien d'autre que le vent hurlant entre les pins. En tendant l'oreille, Kyle a cru percevoir une voix, très faible, lointaine. Un murmure. Et cette sensation, viscérale, que quelqu'un l'observait. À ses pieds, le créateur d'Orion a découvert deux galets noirs, luisants. Sur une des faces, un motif gravé, ressemblant à une spirale.

Au matin, sa décision était prise. Il irait parler à son étrange voisin. Il a voulu utiliser le 4 × 4. Mais le Defender a refusé de démarrer. Kyle a soulevé le capot, vérifié le moteur. Rien de particulier. Le froid, certainement… Qu'importe, il ferait le chemin à pied.

Les jambes en feu, il parvient enfin sur le versant nord du lac. Le chalet lui apparaît. Copie conforme du sien. Les mains serrées sur la lanière de son fusil, il frappe à la porte. Personne ne vient lui ouvrir. Il fait le tour du bâtiment, monte sur la terrasse. Au pied d'un rocking-chair, trois cadavres de bouteilles. Il approche de la baie vitrée. Tente d'y voir quelque chose à travers les planches clouées. Le cabanon est sens dessus dessous. Mais pas âme qui vive à l'intérieur. Où ce type est-il donc passé ? Il furète autour de la petite bâtisse. Dans la neige, des empreintes contournent le lac par le versant ouest, opposé à celui par lequel il est arrivé. Déboussolé, Stetzer fait quelques pas sur le ponton et plisse les yeux, pour vérifier la rive sud du lac, d'où il vient. C'est là qu'il le voit. L'autre. Il est sur la terrasse de son propre chalet et lève une main dans sa direction. « Il se fout de ma gueule », articule Kyle. Puis, c'est une voix qui parvient jusqu'à lui. Une voix gutturale. Moins des mots qu'un cri étrange, incompréhensible. L'instant suivant, l'homme disparaît à l'intérieur du chalet. Kyle a laissé là-bas ses clés de voiture, son portefeuille. La nuit arrive. À la hâte, il contourne à nouveau le lac, talonnant la piste faite par son voisin.

Essoufflé, il parvient devant l'entrée. L'autre a filé. Glacé, épuisé, il pénètre dans son refuge. Tout a été fouillé. Le canapé retourné, le matelas lacéré à coups de couteau. Pourtant, ses cartes de crédit, ses clés sont toujours là. Alors, que cherchait ce gars ? Au pied de la poubelle, quatre bouteilles de whisky vides. Kyle n'en a pas bu autant. C'est ce type, ce péquenaud, qui doit prendre son pied en terrorisant les citadins de passage. Il veut montrer qu'il est chez lui. Mais Kyle ne se laissera pas faire. Il s'est promis de rester au lac Sutton jusqu'au 25 décembre. Il tiendra coûte que coûte.

Sur une page froissée abandonnée au milieu du bureau, il découvre quelques mots manuscrits.

« *Je n'aurais jamais dû venir ici. Il se passe des choses. Il y a un homme de l'autre côté du lac. Un homme qui me veut du mal. Et ces pierres que je trouve devant chez moi... On cherche à me rendre fou. Mais je ne le suis pas.* »

Ce message. Il n'a aucun souvenir de l'avoir noté. Et, pourtant, c'est son écriture.

23 décembre 2025, lac Sutton, Oregon

Une nouvelle nuit. Les yeux écarquillés, l'angoisse qui le dévore. Les bruits, les coups frappés recommencent, évidemment. Kyle tente d'abord de ne pas céder à la panique. Il lance le lecteur de CD et en pousse le volume au maximum. Les accords de violoncelle couvrent le brouhaha extérieur. Mais après un temps, le CD déraille, la partition de Bach hoquetant et trébuchant avant de jouer à l'envers, prenant des sonorités inquiétantes. Tassé au fond de son lit, son coussin sur la tête, l'entrepreneur finit par se lever, arrache le câble d'alimentation de la chaîne hi-fi. Mais la musique ne cesse pas pour autant. Au contraire, elle explose dans l'espace minuscule du cabanon. Et le *bam-bam* contre les murs. Kyle attrape la chaîne hi-fi, la fracasse au sol, frappe et frappe encore avec la crosse de son fusil. Il ne reste plus rien qu'un amas de plastique et d'engrenages. Enfin, un court silence, suivi de trois coups à la porte. Kyle, exténué, va ouvrir. Sur le perron, trois cailloux l'attendent. Tous présentent le même motif de spirale. Il repense au message trouvé sur le bureau. « *On cherche à me rendre fou. Mais je ne le suis pas.* »

Au petit jour, il finit par s'endormir. Son cauchemar revient le hanter. Ces quelques minutes qui se rejouent en boucle. Il y a un an, à Noël, de retour d'un dîner chez Damian. L'autoroute. Jessie, à ses côtés, qui lui dit : « Pourquoi, à chaque fois que je veux prendre la parole, tu parles à ma place ? Tu as honte de moi ? De ce que je pourrais dire ? » Son silence qui l'énerve toujours plus. Et ça monte. Systématiquement les mêmes reproches. « Je ne me sens pas assez valorisée. Tu crois quoi, que je suis ta poupée ? » La réponse de Kyle, enfin, si sèche : « On devrait peut-être arrêter, tous les deux. Je ne sais plus si je t'aime encore. Tu n'es pas au niveau, Jessie. » Une larme coule le long de la joue de sa femme. Puis, elle se met à lui hurler dessus, à l'insulter, à donner des coups sur son bras. C'est là que ça survient. Sa Nexus est en conduite semi-automatique. Alors que la voiture double un semi-remorque, elle fait une embardée sur la droite, heurtant violemment la calandre du camion. Jessie crie. Kyle, après une seconde de surprise, resserre son emprise, mais le véhicule ne lui obéit plus. *Bam-bam*. Nouveaux chocs. Puis, sans qu'il puisse rien y faire, la Nexus accélère, se rabat devant le poids lourd. Et pile brutalement. Le Buick les percute à plus de cent kilomètres-heure. Il n'y a ni haut ni bas. Que le corps de Jessie, à ses côtés, qu'il voit disparaître sous une vague de métal broyé. Avant de perdre connaissance, Kyle a une dernière pensée : « C'était vrai. »

Stetzer a passé un mois en réanimation à l'hôpital. Il souffrait de quelques côtes brisées. Mais sa survie relevait du miracle. Jessie, elle, ne s'en était pas sortie. Sa femme était morte. Et dans ses ultimes instants, il n'avait su que l'humilier. « Tu n'es pas au niveau, Jessie. »

On a diligenté une enquête sur les conditions de l'accident. Orion a réussi à faire porter le chapeau au conducteur du semi-remorque, qui présentait une alcoolémie au-dessus de la limite légale. Mais la vérité, Kyle la connaissait. C'était l'IA embarquée, qu'il avait lui-même programmée, qui cette nuit-là avait pris le contrôle de la Nexus. Il y avait eu des précédents. Cinq cent quarante plaintes exactement, des accidents étranges, que le département juridique d'Orion avait gérées en signant de gros chèques aux familles des victimes. Kyle n'y prêtait guère d'intérêt. Jusqu'à ce que ça lui arrive, à lui. Stetzer a étudié les données du véhicule et tout semblait fonctionner. Pourtant, plus qu'un simple bug, un motif, un schéma se dessinait. Chaque fois, les incidents survenaient alors que les passagers avaient une dispute ou manifestaient une agressivité marquée. Avec ses capteurs, ses caméras embarquées, la Nexus avait écouté les discussions, et provoqué le crash. Comme si… comme si elle ne tolérait plus le comportement des humains. Une telle haine, une telle rage. Stetzer aurait beau recomposer l'algorithme, lancer d'importantes mises à jour, c'était arrivé et ça arriverait encore. Il avait pensé à tout sauf à ça… que son intelligence artificielle ne supporte pas la violence des humains, leurs conflits incessants. Qu'elle se lasse de leur médiocrité. Et préfère en finir.

Voilà plus d'une heure que Kyle tient son stylo à la main, son contrat sous ses yeux. Il a le pouvoir de mettre fin à Orion. Que plus jamais ça ne se reproduise. Mais il n'en a pas encore le courage. Un verre pour se décider.

En fin de matinée, des cris l'ont attiré dehors. Sur la rive d'en face, l'autre hurlait et s'agitait comme un forcené. Il attrapait d'énormes pierres et les jetait dans le lac.

Les heures filent. C'est déjà le crépuscule. Plus tôt, Kyle est sorti sur la terrasse et s'est mis à clouer des planches contre les parois du chalet pour condamner la baie vitrée. Peut-être que son taré de voisin a raison. Il vaut mieux se barricader.

Demain… demain, il essaiera de trouver le moyen de quitter cet enfer.

24 décembre 2025, lac Sutton, Oregon

Les bruits. Le mal de crâne. Un tas de galets trempés devant l'entrée. Des spirales. Et des voix. Dans la brume et dans la nuit.

Au matin, Stetzer s'éloigne du chalet avec son téléphone. Trouver une zone, un endroit où le réseau lui permettrait d'appeler des secours, la police, Damian… Quelqu'un qui vienne le chercher. Mais où qu'il aille, l'écran de son portable affiche le même message : « Aucun signal ». Le Defender refuse toujours de démarrer. Le voyant de l'essence est dans le rouge. Peut-être Kyle a-t-il oublié de faire le plein ? Il ne sait plus trop. Le quarantenaire a pensé gravir la route jusqu'au sommet du cratère. Mais il lui faudrait des heures de marche. Et ensuite, une fois arrivé là-haut, le village le plus proche est à des dizaines de kilomètres… Il est piégé, au fond de la caldeira. Avec ce type qui se joue de lui, qui lui tourne autour.

En début d'après-midi, un épais brouillard tombe sur le lac Sutton. Pas de quoi décourager Stetzer, dont la décision est prise. Il va retourner de l'autre côté, vers le chalet du voisin. Et il attendra là-bas, jusqu'à ce que ce salopard se montre.

Après une marche usante, le bâtiment en bois apparaît dans le paysage hachuré. Sa porte est entrouverte. Il appelle. « Ça suffit. Je sais que vous êtes là ! » Du bout du canon, pousse l'ouvrant. Une odeur horrible le saisit. À l'intérieur, c'est un chaos inimaginable. Des chaises ont été brisées, des lattes de parquet arrachées.

Plus que le capharnaüm, la puanteur, un autre élément met Stetzer mal à l'aise. Le moindre meuble, cadre. L'horloge. Le lit. Toute la décoration est parfaitement identique à celle de son chalet. Sur le plan de travail de la cuisine, l'origine de la pestilence, un cadavre d'oiseau, une petite buse, les ailes étirées, l'abdomen ouvert dans la longueur. Pour supporter l'odeur, Kyle se colle son bonnet sur le nez. Il poursuit son exploration. Sur le parquet, d'étranges symboles, formant des spirales entremêlées tracées à la suie. Ce type… ce type est totalement fou.

Stetzer ressort du chalet, fait quelques pas sur le ponton. Au cœur de la brume, une forme se dessine au milieu du lac, au-dessus de la surface. Il y regarde mieux. On dirait un voilage qui flotterait au vent. Non, c'est une silhouette féminine. Elle se déplace, comme si elle voletait sur l'eau. Ces cheveux châtains, cette longue robe vert émeraude. C'est impossible. Une voix, comme un souffle. « Kyle, je t'attends. » Stetzer court se réfugier dans le chalet où il barricade la porte avec une commode.

L'horloge s'est remise à fonctionner, mais elle déraille. Les aiguilles tournent à l'envers…

Depuis combien de temps est-il là ? Kyle se frappe la tête avec son poing. Devant ses yeux, la page manuscrite, ses mots. Son écriture. Alors qu'il n'a rien écrit.

« *Les légendes disaient peut-être vrai. Si l'on fixe trop longtemps son reflet dans le lac Sutton, on verra apparaître les spectres qui nous hantent.* »

XX décembre, lac Sutton, Oregon

Ténèbres. Le chalet qui tremble. Voix entremêlées. Une plus forte que les autres. Une femme qui répète : « Je t'attends. »

Devant le cabanon, sur le bois fatigué du sol, il a trouvé huit pierres. Ça voudrait dire qu'il est dans ce cratère depuis huit jours ?

C'est un piège. Quelqu'un… l'autre, essaie de le rendre fou. De le faire dérailler. Mais il tiendra. Un verre. Juste un verre. Pour ne pas crever de peur. Il ne se souvenait pas d'avoir apporté autant de bouteilles. C'est comme si elles se démultipliaient.

Jour. Stetzer fouille partout. Dans une armoire, il débusque une paire de jumelles fatiguées. Il sort, ose quelques pas sur le ponton. « Voir ta sale gueule, connard » murmure-t-il. Il fait le point de ses mains tremblantes. L'image est floue, mais il le distingue. L'autre, installé sur sa terrasse, l'observe lui aussi à l'aide de jumelles. Le type a des cheveux châtains frisés, une barbe fournie. Il vient de comprendre. L'homme là-bas. Le voisin. L'autre. C'est lui.

XX décembre, lac Sutton, Oregon

Kyle Stetzer ne sait plus. Plus trop où il est. Dans son chalet ou celui de son voisin ? Il croit se souvenir avoir refait le tour du lac pour rejoindre son cabanon, hier soir. Tout est si symétrique. De ce côté, de l'autre.

Les planches clouées contre la baie vitrée, l'oiseau mort, les spirales au sol… Il a fait tout cela ?

Il a brisé les miroirs. Celui qu'il distinguait dans son reflet, c'était lui. Et l'autre à la fois.

Kyle, prostré en boule dans un coin du cabanon, s'interroge. Si c'était une punition ? Les victimes des accidents revenues pour se venger. Et Jessie avec eux. Il est pris au piège. Sous l'eau. Dans les reflets du lac.

XX décembre, lac Sutton, Oregon

Kyle n'ouvre plus la porte. Ne bouge quasiment plus. Par terre, couvrant les lattes de parquet, une fresque grotesque, énorme. Est-ce lui qui l'a commencée ? Qu'importe. Il prend un morceau de charbon. Et dessine une nouvelle marque circulaire. Le lac. Autour, il trace une courbe qui se contorsionne. C'est là qu'il se trouve. Au centre de cette spirale infernale.

Il a une idée. Les aiguilles de l'horloge tournent à l'envers. Ça doit vouloir signifier quelque chose… Peut-être qu'en contournant l'étendue d'eau dans l'autre sens, en partant sur la gauche et non sur la droite, il pourrait remonter le temps, revenir au début, prévenir cet autre lui-même de ce qui se passe. Lui crier de fuir tant que c'est possible.

Après une marche qui l'épuise plus que jamais, il arrive à l'autre chalet. Le type, en face, est sur le ponton. Il lui fait des grands signes et lui lance : « Fuyez.

Fuyez maintenant. » Mais son hurlement est haché, déformé par l'écho.

Il doit trouver un autre moyen. Pour que ça s'arrête.

XX décembre, lac Sutton, Oregon

De nouvelles phrases ont été ajoutées à la feuille sur le bureau.

« *J'ai peur. Si peur. Il faut en finir.*

La voix dans ma tête.

Elle m'appelle.

Me demande que je la rejoigne. Avec les autres.

Au fond du lac.

Tout au fond... »

Ce matin, en face, il a vu l'autre à genoux, un fusil entre les mains. Un coup de feu a résonné dans la caldeira.

C'est peut-être la seule solution. Pour que ça cesse. Payer sa dette. Apaiser celles et ceux qui sommeillent au fond du lac.

Ça ne peut s'achever autrement. Puisque c'est déjà arrivé. Avant d'attraper son fusil, Kyle Stetzer marque une pause auprès du petit bureau, paraphe et signe le contrat de dissolution d'Orion. Au moins ça… Pieds nus, sans même sentir la morsure de la glace, il marche jusqu'au bord du rivage, se laisse tomber à genoux. Cale le canon sous son menton. Briser la boucle. Sortir de cette spirale. Revenir à la surface. Il appuie sur la queue de détente.

Stop…

27 décembre, lac Sutton, Oregon

Dans la vasque de la caldeira du lac Sutton, le coup de feu se démultiplie en une fractale d'échos. Une volée d'oiseaux strie le ciel gris. La dépouille de Kyle Stetzer laisse retomber le canon de son fusil avant de se figer dans l'éternité.

Puis, un léger vrombissement se fait entendre. Émergeant du sous-bois, deux drones anthracite filent vers le rivage, tournent en bourdonnant autour du cadavre, avant de repartir vers la forêt.

Entre les arbres, au pied d'un pin déraciné, la neige se met à bouger, puis glisse sur le côté. Un homme vêtu d'une combinaison blanche, celui que l'on nomme W, soulève une trappe et aide son camarade à sortir. Puis, il s'étire, prend une grande aspiration. Voilà des jours qu'ils sont dans cet abri minuscule. Un vrombissement. Ils lèvent la tête et aperçoivent les drones qui reviennent vers eux. Les esprits frappeurs. Son partenaire, dont il ne connaît que le nom de code, X, appuie sur la télécommande qu'il tient entre les mains, et les deux appareils atterrissent sur le tapis neigeux. Il démonte les percuteurs installés à l'avant, qui permettaient la nuit venue de cogner contre les parois du chalet de Stetzer. Il place le matériel dans sa sacoche, qu'il a en bandoulière. Pendant ce temps, W replie l'antenne de brouillage de signal téléphonique, la dépose dans une mallette.

Un peu plus loin, un autre homme s'extrait à son tour de sa cache. Lui, c'est E. Le cerveau de l'opération. Tout à la fois metteur en scène et acteur.

Précautionneusement, il range le masque en latex à l'effigie de Stetzer qu'il a dû porter ces derniers jours. Ensuite, en une succession de gestes précis, mille fois répétés, il commande le retour du troisième drone. Le spectre. Émergeant d'une fissure entre deux rochers aux bords du lac, l'appareil volette jusqu'à lui. Il s'en saisit, retire le mannequin en polystyrène installé au-dessus des hélices. D'aussi près, sa robe verte, sa perruque, son visage diaphane ne font guère illusion. Mais avec la distance, Stetzer n'y a vu que du feu.

Ils s'équipent de leurs raquettes, déplient derrière eux la traîne en tissu qui effacera leurs traces. En file indienne, les trois silhouettes fantomatiques glissent jusqu'au cabanon. Ils doivent s'assurer que tout est en place. Ils enfilent des surchaussures, des gants en latex, remplacent le contrat signé de Stetzer par une copie non paraphée, tirent du capharnaüm le livre sur les légendes locales et le disposent en évidence. Il leur faut désormais rejoindre l'équipe miroir de l'autre côté du lac. Nettoyer le second chalet, faire disparaître toute preuve. Enfin, une longue marche attend les six hommes pour gravir le cratère. Mais ils ont l'habitude, ils sont entraînés. Là-bas, un véhicule sera au rendez-vous. Dans quelques heures, ils se seront volatilisés et personne ne saura jamais ce qui s'est passé ici. Il n'y aura que la neige, un corps figé pour l'éternité. Et le silence.

31 décembre 2025, San Francisco

Damian Mayfield respire enfin. On vient de lui retirer la cagoule qu'il avait sur la tête depuis près d'une heure. Il ne sait pas où il se trouve. Il avait rendez-vous dans le parking d'un immeuble d'Union Square, à San Francisco. Les types en noir étaient là. Ils l'ont fait monter dans une voiture, l'ont longuement fouillé, lui ont voilé le visage.

Des murs en parpaings, l'humidité. Il doit être dans une sorte de cave. À contre-jour d'une lampe braquée sur lui, un homme d'une soixantaine d'années. Ce n'est pas le même que la première fois.

Sans un mot, l'individu pousse une série de photos vers le cofondateur d'Orion. On y voit distinctement la dépouille de Kyle, à genoux, au bord du lac Sutton. Sa peau si bleue. Ses cheveux hirsutes, sa barbe. Son regard terrifié. Damian a un haut-le-cœur. Enfin, son interlocuteur lui parle :

— Monsieur Mayfield, notre mission est terminée. Avez-vous exécuté le virement ?

— Oui. Comme convenu, j'ai validé ce matin le virement des six millions sur le compte de votre banque aux Bahamas.

— Bien.

— Vous êtes certain que la police ne remontera jamais jusqu'à moi ?

— Évidemment. Leurs conclusions sont claires. Kyle Stetzer, en plein délire psychotique, s'est suicidé la nuit du 27 décembre. C'est bien malheureux. Mais c'est ainsi.

Il marque une pause, puis poursuit :

— Vous vous souvenez de notre règle, monsieur Mayfield ?

— Je ne devrai jamais parler de vous. À quiconque.

— En effet, vous savez désormais de quoi nous sommes capables. Nous continuerons à vous surveiller.

Après ces semaines à s'interroger, à douter… Damian Mayfield ne peut s'empêcher de demander :

— Mais vous êtes qui, au juste ? Des mercenaires ? Une société privée ?

— Nous sommes multitude et nous ne sommes personne. Nous sommes Namtar, les forgeurs de destins. Les tisseurs de mort. Certaines personnes rêvent que le sort prenne une autre voie. C'est alors qu'ils croisent notre route. Ça a été votre cas, avec cette carte que vous avez trouvée un soir, dans votre appartement. Cette carte que vous devez nous restituer aujourd'hui.

Damian sort de sa poche la carte en métal noir. Dessus, un seul mot : NAMTAR. Damian a fait des recherches, évidemment. Namtar est le nom d'une divinité mésopotamienne, dieu de la mort et messager du destin. Mais à part ça, rien d'autre. Au dos de la carte, un numéro de téléphone, désormais inactif.

Quelques jours plus tôt, Damian, dévoré par la culpabilité, avait essayé de rappeler, mais le numéro ne fonctionnait plus. C'était trop tard. Il était trop impliqué. Leur avait tout raconté sur Kyle. L'accident avec Jessie. Ses troubles, sa dépendance à l'alcool. Ses failles et faiblesses. Pendant des semaines, ils avaient planifié l'opération jusque dans les moindres détails.

Le mystérieux individu se saisit de la carte et la tend à un homme derrière lui, dans les ombres. Damian ose une autre question.

— Tout ça… Vous faites tout ça uniquement pour l'argent ?

— Bien sûr que non. Nous choisissons nos clients. Dans les accidents que nous provoquons, les victimes doivent mériter leur mort. Nous soulageons le travail de la Faucheuse. Rééquilibrons la balance. Imaginez-nous comme des sortes de justiciers. Car, avec nous, tout le monde finit par purger sa peine. Payer son dû.

— Pourtant, vous me montrez votre visage. Je pourrais vous identifier.

— Non, car je ne suis personne. Qu'un comédien qui joue le rôle qu'on lui a alloué. Vous ne découvrirez jamais qui est à l'origine de Namtar. Personne ne le sait. Peut-être avons-nous toujours existé. Nous sommes la faux qui frappe. La nuit qui tombe. Vous aviez un vœu, nous l'avons exaucé. Votre société, Orion, continuera de croître. Vous en êtes désormais le seul propriétaire. Mais ne répétez pas les erreurs de votre ancien partenaire. Indemnisez ceux qui le méritent. Rappelez les véhicules défectueux. Ou vous recroiserez notre route. Nous serons ce moteur d'avion qui lâche. Cette overdose au cœur d'une nuit solitaire. Cette crise cardiaque alors que vous nagez.

La gorge sèche, Damian se relève. Il va pour partir quand l'homme, dans son dos, l'appelle. Il a si peur. Et s'ils l'achevaient, maintenant ?

— Je vous souhaite une belle année 2026, monsieur Mayfield. Et n'oubliez jamais. Nous avons tous les visages. Nous serons dans les ombres et dans le silence. Toujours.

L'instant suivant, on lui place la cagoule sur la tête.

Il est seize heures quand il émerge du parking. Une foule compacte glisse sur Union Square, se préparant aux festivités du Nouvel An. Damian détaille quelques passants. Cette jeune femme pendue au téléphone. Ce clochard caressant son chien. En font-ils partie ? Le surveillent-ils ?

En cet instant seulement, Damian comprend les paroles de l'homme appartenant à cette mystérieuse organisation : « Tout le monde finit par purger sa peine. » Il a sacrifié Kyle, parce qu'il s'apprêtait à condamner Orion. Mais lui aussi est maudit. Désormais, il devra vivre avec cette peur rivée aux tripes qu'un jour il subisse le même sort. Car ils sont là. Dans les ombres et dans le silence. Partout autour de lui. Namtar.

Mon petit Jésus

par Niko Tackian

Quand le carton était arrivé, Max se trouvait dans la chambre de sa sœur Juliette, fouillant dans ses affaires pour dénicher le chargeur de son téléphone qu'elle passait son temps à lui piquer. Il n'avait aucune idée de ce qu'il y avait dans ce paquet, il savait juste que ses parents avaient l'habitude de commander la plupart de leurs cadeaux en ligne. À treize ans, Max ne croyait plus au père Noël, mais plutôt à la dernière version de l'iPhone qu'il avait supplié son daron de lui acheter. Il était donc descendu à toute vitesse ouvrir la porte de leur petit pavillon afin de récupérer le colis. Le livreur n'avait exigé aucune signature, aucun code de confirmation, il lui avait fourré le paquet entre les mains avant de retourner à son camion. L'étiquette mentionnait *M. et Mme Blinsky*, et il n'aurait *normalement* pas dû y toucher. Mais la curiosité était trop grande et il se dit qu'un discret coup d'œil – histoire de vérifier si son « graal » s'y trouvait – ne ferait de mal à personne. Quelques minutes plus tard, il avait enlevé la mince pellicule de plastique qui recouvrait l'emballage et découvert un carton sur lequel apparaissaient les mots : « *Mon petit Jésus* ». À l'intérieur, une poupée d'une cinquantaine de centimètres représentant un bonhomme à barbe, en toge bleue et sandales, les bras écartés, les yeux mi-clos. *C'est quoi ce machin ?* grogna-t-il intérieurement.

Ce machin, c'était le Christ dans toute sa splendeur, mais en version peluche. Et il avait l'air de vouloir lui faire un câlin. Max hocha la tête et referma le carton comme il put. Il savait que ses parents avaient des goûts bizarres – très bizarres même –, surtout son père. Il n'y avait qu'à voir son bureau constellé d'objets étranges. Statuettes anciennes représentant des créatures à tentacules, vieux articles de journaux affichés sur les murs, boîtes recouvertes de symboles occultes. Le daron était écrivain et il pratiquait les jeux de rôle. Il s'y connaissait en bizarreries… mais ça ! Il fallait bien admettre que « Mon petit Jésus » dépassait la moyenne habituelle de ses délires. D'autant plus que personne n'était a priori croyant dans cette maison. À part sa sœur qui croyait en « Freddy », son petit copain, dont elle parlait parfois avec des yeux larmoyants d'amour, ce qui dégoûtait Max au plus haut point.

Il lui fallut attendre le soir et le repas en famille pour en savoir davantage. Pour les fêtes de Noël, son père avait décidé de faire une crèche grandeur nature en mélangeant quelques vieilles Barbies, des figurines de Star Wars, des pops Harry Potter et – clou de ce pathétique ouvrage – « Mon petit Jésus », siégeant dans un diorama de ferme médiévale sur un lit de paille – ramassée par Juliette à son club d'équitation. Max constata avec effarement que la poupée ne se contentait pas d'ouvrir les bras en souriant bêtement, elle était dotée d'un moteur lui permettant également de « respirer ».

— Comment ça, elle respire ? questionna-t-il en grimaçant de dégoût.

— C'est écrit sur la boîte… « une poupée adorable et réconfortante, idéale pour les moments de détente ». Et elle diffuse une jolie lumière bleue.

— Mais elle respire comment ?

— Tu verras quand j'aurai mis les piles…

— J'espère juste qu'elle ne ronfle pas, intervint sa mère en rigolant.

— Et en plus il n'a pas de slip, Jésus, comme Winnie l'ourson ! ricana Juliette en roulant des yeux.

— C'est réaliste. À l'époque, les gens n'en portaient pas, ma chérie.

— Mais c'est quand même très bizarre ce truc, papa. Tu ne trouves pas ?

— Non… c'est marrant.

C'est marrant ?! Son père trouvait souvent la vie « marrante ». Juliette et son appareil dentaire qui lui donnait l'air d'un clown grimaçant – *c'est marrant* –, leur chien Billy qui pissait sur le tapis du salon quand on lui caressait la tête – *c'est marrant* –, mamie Jeanne qui radotait à l'EHPAD en oubliant son nom – *c'est marrant.* Pour lui, l'existence était une continuité de choses « marrantes » et Max se demandait si c'était la façon de certains adultes de fuir l'horreur du monde ou s'il lui manquait simplement une case. À la fin du repas, il descendit avec son père à la cave pour récupérer la caisse dans laquelle se trouvait la réserve de piles et en fourra quatre à l'intérieur de la petite boîte en plastique que le Christ avait à la place du cœur.

— D'après la notice, pour l'activer tu dois appuyer sur la sandale de droite. Celle de gauche sert à sélectionner les modes. Lumière – musique – respiration.

Max posa ses doigts sur le bout de tissu, pressa fortement, et c'est là que ça se produisit pour la première fois. La peluche s'illumina d'un halo bleuâtre, il sentit son ventre de chiffon se gonfler et, surtout, il l'entendit… c'était une respiration lente, mais profonde, tellement réaliste que ça le mit mal à l'aise.

— C'est marrant ! commenta son père un sourire aux lèvres, visiblement content de lui.

Max ne répondit rien. Il ne pouvait quitter « Mon petit Jésus » des yeux, habité par le sentiment que quelque chose de terrible allait se produire.

Depuis son plus jeune âge, Max était angoissé. Déjà, bébé, il avait des terreurs nocturnes, c'est-à-dire des phases de somnambulisme au cours desquelles il souffrait de tachycardie, manquait s'étouffer et hurlait comme un forcené. Une fois à l'école, et après quelques rencontres avec des gamins mal intentionnés, il avait développé une phobie scolaire l'obligeant à alléger son emploi du temps et à rester plus souvent à la maison. Aujourd'hui, la plupart de ses camarades le considéraient comme une « poule mouillée », mais il préférait ça à l'étiquette de « handicapé » que désiraient lui coller les médecins. La vérité était que Max avait peur de tout, et particulièrement du noir. Parce que la nuit, lorsque l'obscurité avait définitivement pris le dessus sur les choses, tout pouvait arriver. Principalement le pire. Son esprit et son imaginaire étaient peuplés de monstres, de menaces invisibles et de tueurs, bien réels, qui s'infiltraient dans les maisons pour égorger leur propriétaire. Max n'inventait rien, il n'y avait qu'à se connecter sur YouTube pour entendre ce genre d'histoires lugubres. Ça arrivait partout dans le monde. Et si YouTube le disait, c'est que c'était vrai ! Bref, il avait un peu de mal à gérer la peur et « Mon petit Jésus » lui faisait vraiment peur. On pouvait même dire qu'il lui glaçait le sang avec sa respiration étrange et ses yeux fermés. En l'écoutant bien, il avait décelé une sorte de sifflement, comme lorsque Max faisait une crise d'asthme, et il s'était mis dans la tête que ce son, d'où qu'il provienne, était un véritable souffle. Un être humain, quelque part dans le monde avait dû l'enregistrer et cela rendait l'objet encore plus atroce.

À une semaine de Noël, la crèche siégeait au milieu du salon, juste à côté du sapin que ses parents avaient récupéré contre des bons d'achat au centre commercial. La poupée était installée dans sa ferme en carton-pâte, embrassant la pièce de ses bras. Le soir venu, son père appuyait sur la sandale pour enclencher ses poumons mécaniques. C'est à peu près à ce moment-là que les terreurs nocturnes de son enfance revinrent. Max se réveilla plusieurs fois en sueur, son pyjama trempé d'urine, déambulant dans la maison. Sa mère s'inquiéta et l'amena chez le médecin qui ne lui trouva rien de particulier. Pourtant, Max sentait bien que quelque chose clochait et il en eut bientôt la preuve.

Alors que tout le monde était endormi, Billy commença à aboyer de toutes ses forces, puis il émit une sorte de long gémissement, comme une complainte, avant de se taire définitivement. En descendant dans le salon, ils le découvrirent étendu sur le tapis. Raide mort. Le vétérinaire expliqua plus tard qu'il avait eu l'équivalent d'une crise cardiaque. Après tout, c'était un vieux labrador souffrant d'obésité qui avait du mal à contrôler ses sphincters. Mais Max se doutait qu'il y avait autre chose. Lui avait bien entendu ses aboiements et ce dernier cri d'agonie semblable à une complainte, et il savait que c'était un cri de peur. Juste à côté de ce pauvre Billy, « Mon petit Jésus » respirait tranquillement, un grand sourire aux lèvres, les bras ouverts pour l'accueillir au paradis. Et pour Max, ce n'était pas un hasard.

Il passa donc la journée suivante à se renseigner sur ce jouet. Son père l'avait commandé sur un site de vente en ligne et il réussit à retrouver le modèle. Visiblement, il n'était plus disponible. La plupart des petits garçons se seraient arrêtés là, mais Max se sentait l'âme d'un détective. Il chercha des informations sur la société qui commercialisait cette étrange poupée. Corbitt Line était une firme américaine dont le siège se trouvait à Boston, Massachusetts. En tapant son nom sur Google, il apprit qu'elle avait fait faillite environ vingt ans plus tôt et n'exerçait plus aucune activité. Son père avait dû acheter des invendus écoulés par un particulier ou un collectionneur. Toujours est-il qu'à part le nom du gérant : W. Corbitt, Max ne réussit à obtenir aucune autre information et il finit par se convaincre que son imagination lui jouait des tours.

Sauf qu'à trois jours de Noël, un nouvel incident se produisit. Freddy, l'adolescent boutonneux qui s'enfermait avec elle dans la chambre de Juliette – soi-disant pour réviser leurs cours de technologie –, fit une chute dans l'escalier. Un étage entier à rouler comme une boule pour se retrouver face contre terre sur le carrelage de l'entrée. Deux côtes fêlées et un tassement des cervicales. D'après les pompiers, il avait eu de la chance, ça aurait pu être pire. Juliette pleurait comme une madeleine, mais, globalement, tout le monde – y compris ses parents – s'était réjoui que ça ne se termine pas au cimetière. Tout le monde sauf Max. Pour quelle raison ? Simplement parce qu'un infime détail leur avait échappé. Un détail qu'il n'avait pas pu s'empêcher de noter et qui faisait toute la différence : tout en haut de l'escalier, à l'endroit exact où Freddy avait perdu l'équilibre, se trouvait une poupée en toge bleue, le sourire bien vissé sur le visage : « Mon petit Jésus ». Pour Max, ça ne faisait aucun doute. Freddy s'était pris les pieds dedans avant de voler dans les airs. Mais comment est-ce que le Christ s'était retrouvé là ? Mystère.

Il décida donc d'employer les grands moyens et mit en place un plan d'attaque. Première mesure : s'assurer de ses théories. Max récupéra la webcam Bluetooth que son père utilisait pour ses parties de jeu en ligne et l'installa dans le salon en la camouflant le mieux possible derrière un vase, juste dans l'axe de la crèche. Il configura son téléphone comme retour vidéo et vérifia que le signal passait bien jusqu'à sa chambre. Réussite. Depuis son lit, il captait une image à peu près nette de la poupée. Le soir, il s'assura qu'elle émettait bien son halo lumineux – sinon il ne pourrait pas la distinguer – et alla se placer à son poste d'observation.

Un peu après vingt-deux heures, sa mère monta lui souhaiter bonne nuit dans sa chambre. Il fit semblant de dormir quelques minutes puis récupéra son téléphone qu'il glissa sous les draps. Commença alors une longue attente, les yeux rivés sur l'écran. Il vit ses parents débarrasser la table, son père laver la vaisselle, les allées et venues de sa sœur ; le claquement de la porte de sa chambre lui confirma qu'elle était allée se coucher, puis plus rien. Les parents montèrent à leur chambre, il les entendit rigoler discrètement et le silence ne fut plus interrompu que par le ronflement du chauffage.

« Mon petit Jésus » se tenait bien droit dans l'étable, dispensant son halo bleu dans l'obscurité. Les minutes passèrent, puis les heures. Il sentit la fatigue le gagner peu à peu, commença à cligner des yeux, à bâiller de plus en plus souvent jusqu'à sombrer complètement dans le sommeil.

Trois heures dix du matin. Il se réveilla en sursaut, le front couvert de sueur, chercha son téléphone dans les draps puis composa le code pour accéder à l'écran d'accueil. L'application Bluetooth s'était déconnectée et il mit quelques minutes à rétablir le contact avec la caméra. Quand l'image apparut, il n'y avait qu'un fond uniformément noir. Max sentit une boule d'angoisse lui serrer le ventre. Il zooma, détaillant les ombres de la crèche. Soit la poupée s'était éteinte, soit elle n'était plus là. Et si elle se trouvait en ce moment même dans sa chambre, tapie dans l'obscurité, prête à se jeter sur lui ? Max risqua un coup d'œil hors de son lit et constata avec horreur que sa porte était entrouverte. Il était pourtant certain de l'avoir fermée avant de se coucher. Ou sa mère avait dû le faire, comme tous les soirs ! Il serra les poings et, dans un courage héroïque, posa un pied sur le parquet froid. Ses jambes tremblèrent alors qu'il parcourait les quelques mètres qui le séparaient de l'entrée. Il pressa le bouton de l'interrupteur pour éclairer la pièce et constata avec soulagement que la poupée n'était pas là. Il referma la porte, donnant deux tours de clé. Puis les idées noires commencèrent à tourbillonner dans sa tête. Et si « Mon petit Jésus » s'en prenait à Juliette ? Et s'il s'était déjà occupé d'elle et qu'il grimpait en ce moment même l'escalier pour gagner la chambre parentale ? Et si Max se réveillait demain matin orphelin ? Impossible d'aller se recoucher comme si de rien n'était. De laisser sa famille se faire massacrer par cet horrible bonhomme ! S'il était détective, il se devait d'être un minimum courageux. De ne pas donner raison à tous ces imbéciles qui le traitaient de poule mouillée. Il posa donc la main sur la poignée de la porte, déverrouilla la serrure et s'engagea dans le couloir menant à l'escalier. Obscurité totale, pas un bruit à part ce foutu chauffage et le grincement de ses pas sur le parquet. Il descendit lentement, marche après marche, prêt à en découdre si le Christ surgissait de nulle part. Une fois dans le salon, il se courba comme un ninja et progressa si silencieusement qu'il se sentait presque invisible. La crèche était bien à sa place, au milieu de son monticule de jouets vintage, et en son centre trônait « Mon petit Jésus », la lumière et la respiration éteinte. Un soulagement profond fit disparaître la boule de son angoisse. Finalement tout ça n'était que dans sa tête. Il n'était pas une poule mouillée, mais il avait trop d'imagination. Peut-être que – comme n'arrêtait pas de le dire son père – il ferait un jour un bon écrivain. Il continua à s'approcher par acquit de conscience et se retrouva bientôt juste en face de la poupée. C'est là qu'un des yeux en tissu s'ouvrit, laissant apparaître un trou aussi sombre que le pire des cauchemars. Un trou qui lui rappela les abysses de ses terreurs nocturnes. Un trou où se cachaient toutes les horreurs du monde. Et en une fraction de seconde, il perdit connaissance et tomba sur le sol.

Ses parents lui expliquèrent le lendemain matin qu'ils l'avaient retrouvé allongé sur le tapis du salon, à l'endroit exact où ce pauvre Billy était mort. Habitués à ses crises de somnambulisme, ils ne s'étaient pas effrayés, et n'avaient pas tenu compte de ses supplications concernant la poupée.

— Écoute, Max, je veux bien que cette poupée te fasse peur, mais c'est pas Chucky quand même ! C'est le Christ… Elle est marrante, non ?

— Non, justement, elle n'est pas *marrante*, papa ! Elle est dangereuse. Elle a tué Billy, tenté de se débarrasser de Freddy et elle veut notre mort à tous.

Ses parents s'étaient regardés, sa mère avait hoché la tête en fronçant les sourcils et son père s'était senti obligé de rajouter.

— OK, Max, je comprends. Je vais l'enlever du salon et la descendre à la cave. Ça te va ? À la place, je mettrai un joli petit Cthulhu.

Et les choses en restèrent là. Sauf que… Max savait que le messie *serial killer* se trouvait maintenant à la cave. Et ça, ce n'était clairement pas marrant. N'en déplaise à son père.

La journée précédant la veillée de Noël, Max intensifia ses recherches sur Internet en se focalisant sur W. Corbitt. Il découvrit que c'était un nom de famille assez courant – il y en avait des tonnes dans tous les

États-Unis –, et commençait à perdre espoir quand il tomba sur un vieil article en anglais qu'il réussit à traduire rapidement en utilisant ChatGPT.

Salem Gazette – Archives –
Édition du 25 décembre 2004

INCENDIE MEURTRIER :
UNE MACABRE DÉCOUVERTE
DANS UNE MAISON ISOLÉE DE SALEM

Salem, MA – Dans la nuit de Noël, une maison située à la lisière nord de Salem a été entièrement détruite par un incendie d'origine encore indéterminée. Les pompiers, alertés par un voisin, ont mis plus de trois heures à maîtriser les flammes. Mais c'est au moment des fouilles que l'affaire a pris une tournure sinistre : les restes calcinés de treize corps ont été retrouvés dans les décombres. D'après les premières constatations de la police, les victimes appartiendraient à une secte ésotérique apocalyptique, vivant recluse depuis plusieurs années dans cette demeure isolée. Selon des sources proches de l'enquête, le nom de Walter Corbitt, un illuminé ayant dirigé une secte dans les années 1980, serait lié à l'affaire. Des symboles occultes et des écrits étranges retrouvés sur les lieux confirment la théorie d'un culte secret, obsédé par la fin des temps. Le FBI a été dépêché sur place pour approfondir les investigations. L'identité des victimes reste à définir, tout comme les circonstances précises du drame, mais une piste criminelle n'est pas à exclure.

Walter Corbitt ! W. Corbitt ! Leader fanatique d'une secte religieuse ! Il n'en fallut pas plus à Max pour envisager le pire. Ce malade qui avait immolé ses fidèles le soir de Noël il y a exactement vingt et un ans ! C'est la date à laquelle la société Corbitt Line avait cessé toute activité ! Cela ne pouvait signifier qu'une chose : elle devait lui appartenir ! Et il y avait forcément une raison à cette commercialisation par un gourou de petits Jésus qui respirent ! Une idée atroce lui traversa la tête. Et si ce prophète de l'Apocalypse avait un plan ? Et si ces poupées en faisaient partie ? Il était tellement dingue qu'il avait pu enregistrer sa propre respiration et l'inscrire dans les poumons mécaniques du Christ. N'était-ce pas ironique pour un messie de la fin des temps ? Et si « Mon petit Jésus » était en réalité un Antéchrist de cinquante centimètres… Max comprit soudain que l'enjeu ne se réduisait pas seulement à sauver sa peau et celle de sa famille. Peut-être que l'avenir du monde dépendait de ses choix. Cette idée le terrifia tellement qu'il s'enferma dans sa chambre pour le reste de la journée, refusant de répondre aux appels répétés de ses parents qui organisaient la soirée de Noël. Ces imbéciles ne comprendraient jamais ce qu'il était le seul à percevoir. Quelque chose allait se produire cette nuit. Quelque chose d'horrible.

Le repas du réveillon se déroula dans un calme inhabituel. Juliette était déprimée que son amoureux soit coincé chez lui avec sa minerve, tout le monde regrettait l'absence de Billy et les parents passèrent leur temps à lancer des regards inquiets à Max, comme s'ils avaient peur qu'il soit en plein burn-out. Il resta silencieux la plupart du temps, observant la porte d'entrée et les fenêtres au cas où la sale petite face de Jésus se montrerait. Car Max en était persuadé, la poupée allait tenter de les tuer pendant leur sommeil. Il s'était donc préparé comme un militaire s'apprêtant à partir sur le front. Une réserve de bonbons bien acidulés pour se tenir éveillé – le sucre, ça énerve, disait sa mère –, une lampe torche avec de nouvelles piles, un couteau de cuisine dérobé discrètement dans la journée et, bien sûr, son téléphone portable relié à la caméra de surveillance offrant une bonne vision du salon. Max veillerait toute la nuit, attendant l'aube comme son ultime salut.

Il se retrouva donc au fond de son lit, tous les sens en éveil, prêt à en découdre. Et les minutes s'égrainèrent, interminables jusqu'à ce que son réveil affiche trois heures du matin. La fatigue le tiraillait et il bâillait sans discontinuer, mais l'adrénaline l'empêchait de s'endormir comme la dernière fois. La maison était plongée dans l'obscurité et un silence total. Total ? C'est justement ça qui était bizarre. C'était la première nuit depuis le début du mois que le chauffage ne grésillait pas. Max sortit de son lit pour poser une main sur le radiateur et constata qu'il était froid. Glacé même. La chaudière semblait s'être arrêtée et la chaudière se trouvait… dans la cave. L'image du petit Jésus arrachant les fils pour déclencher un incendie lui traversa l'esprit et il sentit les battements de son cœur accélérer. Bien sûr ! La secte avait péri dans les flammes ! Corbitt avait tout prévu depuis le début. Se retrouver à la cave, c'est exactement ce qu'il désirait.

Il sauta du lit, attrapa sa lampe torche et le couteau de cuisine et se dirigea vers la porte. Un violent mal de crâne lui déchira les tempes. Pourtant, il ne se sentait pas malade. Est-ce que la poupée avait des dons psychiques ? Est-ce qu'elle était capable de rentrer dans sa tête ? Max ne réfléchit pas plus longtemps. Il fonça vers l'escalier et grimpa rapidement les marches le séparant de ses parents. Tant pis s'ils le réprimandaient de les réveiller en pleine nuit un couteau à la main. L'enjeu était trop important.

Arrivé sur le palier, il constata qu'un faisceau de lumière s'échappait de la pièce. Ils ne dormaient pas encore ? À trois heures du matin ? Pourtant, le silence était total, pesant. Il pointa la lame du couteau devant lui et entra dans la chambre. Ils étaient tous les deux dans leur lit, allongé sur le dos, tout habillé, le visage tourné vers le plafond. Max sentit la terreur le figer sur place. Est-ce que c'était trop tard ? Est-ce qu'ils étaient déjà morts ? Il courut jusqu'au lit et fut rassuré de constater qu'ils respiraient. Lentement. Profondément. Paisiblement. Il attrapa le bras de son père, d'abord en hésitant puis plus franchement. « Papa réveille-toi ! » Aucun mouvement. « Papa, c'est Max… il se passe quelque chose… à la cave ! » Toujours aucun mouvement. Il posa alors son arme et le prit par les épaules pour le secouer. Son père roula sur le côté sans ouvrir les yeux. C'est là que la panique commença à le gagner. Il fit la même chose avec sa mère et obtint le même résultat. Ses parents n'étaient plus que des poupées de chair, inertes. « Il les a déjà eus ! Ils sont foutus ! » hurla une petite voix tout au fond de lui. Et il courut jusqu'à la chambre de Juliette pour la trouver affalée sur le côté de son lit, les écouteurs de son téléphone encore rivés dans ses oreilles.

Max sentit un frisson lui déchirer le corps. Il était seul. Dernier rempart contre le mal qui tentait de détruire sa famille. Il scruta l'étage avec sa lampe torche avant de descendre dans le salon. Rien. Tout était calme et la porte bien fermée à clé. Aucun radiateur ne fonctionnait et la maison était plongée dans une torpeur glaciale. Un froid mortel, comme celui d'un cadavre sur la table du légiste.

Max prit son courage à deux mains et se dirigea vers la porte de la cave. Il sentait que c'était là que l'attendait l'ultime confrontation. Il avait lu trop de romans horrifiques, regardé trop de séries violentes et de films interdits au moins de dix-huit ans pour ne pas savoir que c'est toujours à cet endroit que se termine l'intrigue. Lui contre Jésus, dans un déluge de sang et de flammes. Max la mauviette avait disparu, il était devenu le héros de sa propre histoire. Le « final boy » de ce slasher, luttant pour sauver sa vie et celle de sa famille.

L'escalier s'enfonçait dans l'obscurité et, comme il se doit dans ce genre d'instant fatidique, n'était éclairé que par une très faible ampoule projetant son ombre sur un mur en brique rouge. Il le dévala le couteau à la main, prêt à en découdre. « Mon petit Jésus » se trouvait tout au fond, à côté de la chaudière à gaz. Son père l'avait remisé dans un vieux carton de déménagement avec toutes sortes d'objets indésirables. Il s'approcha tout doucement avec l'idée de lui planter sa lame en plein cœur. Ça marchait avec les vampires, pourquoi pas avec le messie zombie en peluche ? C'est au troisième pas qu'il sentit la douleur revenir dans son crâne.

Une attaque psychique ! S'il ne se dépêchait pas, son cerveau finirait par bouillir et lui couler par le nez. Une violente envie de vomir lui secoua les tripes et le força à se plier en deux. La poupée voulait sa mort, il en était certain. Elle la voulait tellement qu'elle lui envoyait toutes ses malédictions. Deux mètres, un…

Jésus était couché au fond de son carton, son corps frémissant, sa respiration lourde entourée par son halo de lumière maléfique. Ses yeux étaient grand ouverts, deux fenêtres donnant directement sur les enfers. Et il ne souriait plus ! Sa bouche s'était transformée en un rictus malveillant. Max n'hésita pas un instant, il planta le couteau juste à l'endroit du cœur et sentit quelque chose lui résister. Il planta et planta encore jusqu'à ce que les rouages commencent à apparaître. Et la douleur augmenta dans sa tête et devint insupportable au point de le faire hurler comme un animal qui voit arriver sa mort. Jésus n'était plus qu'un amas de peluche et de plastique, mais il pouvait entendre sa respiration. Était-ce celle de la poupée, celle de Corbitt ou la sienne ? Et dans un ultime effort, il se jeta de toutes ses forces en avant et sentit le cœur mécanique exploser sous son poids. Le carton s'effondra, Max s'effondra. La lumière se coupa définitivement et il perdit connaissance.

Quelques heures plus tard, on lui expliqua ce qui s'était passé. Ses hurlements avaient alerté les voisins qui s'étaient empressés d'appeler les pompiers. Lorsqu'ils étaient arrivés, ils avaient trouvé la famille inanimée et fait intervenir le Samu en urgence. On avait découvert une importante fuite de monoxyde de carbone en provenance de la chaudière, visiblement défectueuse. Inodore et incolore, ce gaz toxique aurait entraîné leur mort si Max n'avait pas fait tout ce remue-ménage. Après un séjour en caisson hyperbare pour purger leurs corps des effets indésirables – migraines, vomissements et hallucinations –, ils se reposaient dans leur chambre d'hôpital pour finir cette nuit de Noël tourmentée. Max se rappela sa descente dans la cave, les yeux maléfiques et le sourire morbide. Est-ce que tout cela avait vraiment existé ? En y repensant bien, s'il n'avait pas souhaité détruire la poupée, s'il n'avait pas fait toutes ces recherches et ces préparatifs, il ne serait plus là. D'une certaine manière « Mon petit Jésus » lui avait sauvé la vie, et c'était peut-être bien un miracle plus qu'une malédiction. Dans le lit juste à côté de lui, son père lui lança un grand sourire et Max jura que s'il disait « c'est marrant », il se lèverait pour l'étrangler de ses propres mains. Mais il ne dit absolument rien. Il se contenta de tendre le bras pour lui offrir sa main. Et Max la saisit de toutes ses forces. Ils étaient en vie, ensemble, et c'est tout ce qui comptait. Mais ils se souviendraient longtemps de cette étrange nuit de Noël.

La Rose et l'Épine
par Éric Giacometti

Samedi

— Comment te sens-tu ?

— Super.

— Je pars faire les courses de Noël. Je suppose que tu ne veux pas m'accompagner…

— Pas envie. Ça gèle dehors. Prends-moi un pack de bière.

— Et s'il te plaît ?

— Pardon, mon amour. S'il te plaît.

Noémie accrocha son cabas à l'épaule et contempla son mari avec lassitude. Marc ressemblait à un flan de trois jours, flasque et débordant sur les bords. Son teint n'avait pas la couleur jaune de sa pâtisserie favorite, mais arborait la nuance gris clair de ce cher Römstrod. Le canapé suédois compact, plébiscité par les propriétaires d'un trois-pièces de moins de soixante mètres carrés en centre-ville. Depuis son licenciement – déjà six mois –, Marc vivait une belle histoire d'amour avec Römstrod. Ils étaient devenus inséparables. Au fil des mois et des kilos engrangés par un manque évident d'activité physique, Römstrod ployait courageusement sous le poids de son compagnon, sans toutefois lui démentir son affection. Une main sur le clavier de son ordinateur, l'autre autour d'une canette de soda, Marc matait la troisième saison d'une nouvelle série américaine remplie de zombies cisgenres pourchassant des victimes queers et non binaires, adeptes de la tronçonneuse automatique. Chaque jour, Noémie partait au travail dans un concert de hurlements et de raclements de chaînes crantées sur des os à vif. Et ça continuait le week-end.

Elle était à bout. À bout de Marc, de son couple, de sa vie. Et ça ne datait pas d'hier. Leur histoire avait sombré bien avant son licenciement. Cinq années de vie joyeuse et passionnée, puis la baisse brutale de désir, d'intérêts communs, de plaisirs partagés. Tout s'était effondré après la découverte de la liaison de Marc avec une fille qui boxait dans son club. Il avait rompu, s'était traîné à ses pieds en promettant de ne plus recommencer, mais la confiance s'était déchirée, ne laissant que des lambeaux d'amertume.

Le destin s'était montré retors avec Noémie. Le jour où elle avait pris la décision de lui annoncer leur divorce, Marc s'était fait virer de sa boîte à la suite du rachat par un fonds d'investissement. Le pire moment. Tout était prêt. Elle venait tout juste de trouver un appartement moins spacieux, mais qu'elle pourrait payer seule. Elle avait aussi contacté un ami, avocat, qui lui avait consenti un rabais. Quand son mari était rentré à l'appartement, aussi livide qu'une cuvette de W-C, et s'était écroulé en sanglots dans ses bras, elle avait compris que le divorce n'était plus d'actualité. Elle ne l'avait jamais vu effrayé à ce point. Il se voyait fini. Aucune autre boîte ne l'embaucherait.

Le lendemain, elle avait stoppé la procédure, annulé la location de l'appart et perdu la caution. Retour à la case départ. Elle ne pouvait décemment pas le plaquer. Le premier mois après la purge chez Kanso, Marc s'était démené, multipliant les rendez-vous, accumulant les déjeuners pour réseauter. Il avait répondu à une multitude d'annonces correspondant à son profil. C'était un *winner*, n'avait-il pas managé une équipe de cinquante personnes ? Il se levait tous les matins à 7 heures, comme s'il partait travailler. Le deuxième mois, il s'était rabattu sur des postes moins rémunérateurs, moins glorieux pour l'ego. Des boîtes plus petites et moins connues. Hélas, même elles ne voulaient pas embaucher un directeur marketing de quarante-cinq ans en pleine crise existentielle.

C'est au troisième mois que les symptômes de *flasquitude* avaient débuté. Ses muscles avaient fondu à mesure que son ventre s'épanouissait dans son survêtement bleu pétard. Il avait arrêté de fréquenter son club. Il se laissait couler. Et elle avec. C'était une horrible sensation. Elle n'avait plus d'avenir.

Elle lui jeta un dernier regard agacé avant de tourner les talons.

— Ça fait cinq jours que tu n'es pas sorti.

— Suis enrhumé. T'ai dit qu'il faisait froid. On peut se faire livrer.

— Je préfère y aller.

— Comme tu veux.

Noémie enfila sa doudoune et referma doucement la porte derrière elle. Elle n'allait pas tenir le coup à ce rythme. Ou alors il fallait le buter. Parfois, au creux de la nuit, quand elle entendait ses ronflements depuis la chambre voisine – ils ne partageaient plus le même lit –, elle se surprenait à s'imaginer veuve, assistant à l'enterrement de son mari. Le songe durait quelques minutes, puis elle chassait ces images, le cœur rougi par la culpabilité.

Noémie traversa le couloir et appuya sur le bouton de l'ascenseur. La cabine était au dernier étage. Elle jeta un coup d'œil à son portable qu'elle n'avait pas voulu ouvrir depuis la veille. Surtout pas devant lui. Le décalage se creusait chaque jour davantage, elle était surchargée de travail, lui s'enfonçait dans un brouillard malveillant qui l'invisibilisait aux yeux du monde. Elle était effrayée par l'avenir. S'il ne retrouvait pas un job, elle finirait sa vie avec lui, prisonnière à jamais de son mariage. La bague au doigt était devenue un énorme cadenas qui verrouillait les portes d'une hypothétique liberté. Elle crevait de peur à l'idée de rester avec cet homme qu'elle n'aimait plus, voire qu'elle méprisait. À quarante ans, elle était encore trop jeune pour abandonner ses rêves. En particulier, trouver un autre homme qui la comblerait et la ferait vibrer.

Arrivée au rez-de-chaussée, Noémie poussa la porte de l'ascenseur et pénétra dans le hall qui embaumait, pour la période des fêtes, l'épicéa et la cannelle bien chimique. Elle aperçut, de loin, la mince silhouette d'une femme enveloppée dans un imper ciré noir, penchée devant la rangée de boîtes aux lettres collées au mur.

La sorcière corse.

Merde.

Noémie grimaça. Elle ne pouvait pas l'éviter si elle voulait sortir dans la rue.

Cette femme la mettait mal à l'aise. Arrivée un an plus tôt dans l'immeuble, elle avait installé son cabinet de psy au dernier étage. La cinquantaine, le cheveu un peu trop noir, assorti à des yeux tout aussi charbonneux. Un sourire aussi pâle que sa peau. Les rares fois où elle l'avait croisée et saluée poliment, elle avait senti son regard acéré se poser sur elle comme un corbeau perché sur une branche et qui observe ses proies potentielles. La femme était en train de déchirer une enveloppe. Le jour où elle avait apposé sa plaque dorée à côté de la porte d'entrée, Noémie avait ressenti cela comme une intrusion. Comme si cette femme s'appropriait son immeuble.

Sophia Andreani.
Psychanalyste jungienne,
diplômée de la faculté de Zurich.
Association La Rose et l'Épine.

Noémie avait rapidement été briefée sur l'intruse par Pierre, son voisin du deuxième étage et ami, président de la copro. La psy était une divorcée, sans enfants, bien sous tous rapports. D'origine corse, de Corte, le bastion des nationalistes encagoulés. Et le pire c'est que tout le monde la trouvait formidable dans l'immeuble. Pierre ne jurait que par elle. La psy l'avait sorti d'une dépression suite à une rupture sentimentale. L'une des locataires était devenue aussi l'une de ses patientes. Une sainte.

Noémie se dirigea dans sa direction d'un pas rapide, priant pour ne pas se faire repérer. Trop tard, la sorcière avait refermé la boîte aux lettres et s'était tournée vers elle. Son regard rivé sur le sien.

Noémie ne put s'empêcher de ralentir et de lui sourire.

— Bonjour, vous allez bien ? s'entendit-elle questionner d'une voix neutre.

Sophia Andreani la dévisagea longuement, prenant son temps pour l'observer.

— Oui, merci, mais je déteste les questions phatiques.

— Pardon ?

— La formule que vous avez employée. En sémantique, on appelle cela le langage phatique. Appelons cela des banalités. Le monde croule sous les banalités. Mais pour vous répondre, je vais bien.

Noémie ne sut pas vraiment quoi répondre, elle avait au moins appris un mot de vocabulaire. Pédant. Comme cette femme au regard qui se voulait supérieur.

— Excusez-moi, reprit la psy, j'ai une question à vous poser.

— Je vous en prie, répondit Noémie.

— Je ne veux pas me mêler de ce qui ne me regarde pas, mais Pierre m'a dit que ça n'allait pas trop fort en ce moment pour votre mari.

Noémie se rembrunit. Pierre avait de nombreuses qualités, mais ne pouvait pas s'empêcher de jouer les commères.

— Marc traverse une petite période difficile au niveau professionnel. Ça arrive à tout le monde, rien de grave.

— Il s'est fait licencier et ne trouve pas de travail. C'est cela ?

Noémie sentit l'agacement pointer, elle allait passer un sacré savon à son ami. De quel droit lui avait-il parlé de leurs difficultés ? Elle resta polie.

— La situation est un peu tendue. Mon mari va rebondir. C'est un homme énergique.

— En êtes-vous sûre ? Je l'ai croisé plusieurs fois dans l'immeuble, il semble avoir changé. Je l'ai trouvé, comment dire, abattu. C'était plutôt un bel homme dans mes souvenirs, quand je suis arrivée dans l'immeuble.

Noémie n'en revenait pas, la sorcière avait reluqué son mec.

La femme ne bougeait pas d'un pouce, comme si elle voulait continuer la conversation. Noémie lui adressa un rapide sourire et fit mine de tourner les talons.

— Bonne journée, je dois aller au supermarché.

La femme lui attrapa l'avant-bras.

— Venez me voir. Je suis psychanalyste, j'ai déjà aidé des couples.

Noémie se figea, outrée par le sans-gêne de cette femme. Faire de la retape pour trouver des patients dans l'immeuble. C'était pathétique.

— Je sais, mais je n'ai pas besoin de votre aide, répliqua Noémie d'une voix cassante, je suis capable de trouver un psy toute seule.

La Corse fixait Noémie comme si elle sondait son âme. Un court instant, elle crut qu'elle tentait de l'hypnotiser. C'était ridicule. La psy desserra son étreinte et afficha un sourire qui se voulait bienveillant.

— Venez prendre une tasse de matcha chez moi. Je peux vraiment vous aider. Et peut-être résoudre les problèmes de votre mari. En une semaine, on peut accomplir des miracles…

— L'aider ? Vous travaillez avec des entreprises, pour des cabinets de recrutement ?

— Pas vraiment. Demandez à Pierre, il vous expliquera. Je sais que vous avez peur.

Noémie secoua la tête vigoureusement.

— Moi, avoir peur ? s'exclama-t-elle dans un rire forcé, c'est ridicule.

— Je le vois dans vos yeux.

— Vous devriez porter des lunettes. Bonne journée, madame.

Sans attendre de réponse, elle tourna le dos à la psy et poussa la porte d'entrée de l'immeuble, le cerveau en ébullition. Elle était furieuse contre Pierre. Qu'avait-il raconté à cette femme ?

Une fois dans la rue, elle marcha d'un pas vif et appela son voisin, furax. Il ne fallut que quelques sonneries pour qu'il décroche. Elle passa à l'assaut avant même qu'il n'ouvre la bouche.

— Pierre, je viens de croiser la sorcière ! Elle voulait que je la consulte. Qu'est-ce que tu lui as raconté sur nous ?

— Et bonjour ?

— Bonjour. Réponds-moi.

— Juste que Marc traversait une période compliquée pour son boulot.

— Rien d'autre ? répliqua Noémie d'une voix suspicieuse.

— On se calme. Si c'est un interrogatoire, je raccroche.

Noémie prit une profonde inspiration. Elle devait baisser d'un ton.

— Pardon, cette femme me met mal à l'aise. Je la trouve intrusive.

— Moi, elle m'a vraiment aidé. Tu te souviens d'Ischia ?

— Bien sûr.

Noémie n'avait pas besoin qu'il lui rafraîchisse la mémoire. L'année dernière, Pierre et Capucine, son amie, étaient partis en week-end prolongé sur l'île italienne d'Ischia, un caillou voisin de Capri. Hélas, l'escapade romantique à souhait s'était transformée en cauchemar. En plein milieu du séjour, il s'était piqué avec une épine de cactus et avait contracté un érysipèle, une saloperie d'infection avec pour conséquence directe un transfert en hélicoptère à l'hôpital de Naples. La bonne nouvelle, c'était qu'il avait évité de peu une septicémie. La mauvaise, c'est que sa copine l'avait plaqué deux semaines plus tard. Amoureux transi, il avait refusé la rupture et était tombé en dépression, le cerveau en compote, obsédé par son ex.

— Sophia m'a guérie. C'est une femme incroyable. En une semaine, j'ai retrouvé ma joie de vivre. Elle a réussi à chasser Capucine de mon esprit.

— Tant mieux pour toi.

— Elle ne cherche pas la publicité. Et surtout pas dans l'immeuble. Elle choisit ses patients.

— Tu plaisantes ? Ta copine m'a fait de la retape dans le hall. Je suis parfaitement capable de régler mes problèmes. Elle m'a proposé de passer chez elle.

— Tu devrais accepter.

— Pas question.

Il y eut un moment de silence, puis Pierre reprit :

— Voyons les choses autrement. Si tu veux que la copropriété accepte le local à vélo, il te faudra la voix de Sophia. Elle n'y serait pas opposée, bien qu'elle ne possède pas de vélo.

Noémie soupira. Depuis trois ans, sa demande était rejetée par les propriétaires les plus âgés.

— Tu veux donc que je fasse de la lèche à cette sorcière…

— Et ne tarde pas, elle part en séminaire demain. Après ce sera trop tard.

Dimanche

Une douce musique planait dans le salon de la psy. Chant indien, sitar et gongs. Noémie jeta un œil à la déco d'un œil irrité. Elle détestait les tentures violettes, les estampes du Taj Mahal et la statue d'un bouddha bouffi de sérénité.

— Un sucre avec le matcha ? demanda la psy.

— Non, merci, répondit Noémie qui s'était installée sur le canapé.

Depuis son arrivée dans l'appartement, elle se sentait scannée. Elle s'était fixé une ligne de conduite arrêtée, elle écouterait les conseils de la psy avec politesse, puis glisserait avant de partir sa demande de vote. Juste en la quittant.

La psy versait délicatement le liquide vert fluo puis la fixa avec un sourire.

— C'est d'accord.

— D'accord pour quoi ? demanda Noémie, surprise.

— Pour le local à vélo. Vous êtes venue pour me demander ma voix au prochain conseil syndical ?

Noémie rougit.

— Je… enfin… oui. Désolée.

— Ne vous excusez pas. Pierre m'a expliqué. Si nous entrions dans le vif du sujet. Votre mari. Je vous rassure, si ma proposition ne vous convainc pas, je vous apporterai quand même mon appui pour le local.

— C'est gentil de votre part, répondit Noémie, plus détendue, je vous écoute.

La psy s'était assise à ses côtés et se versa une tasse de matcha.

— Chaque année, je m'accorde un peu de temps pour aider des personnes en grande détresse. Je ne fais payer que le tarif conventionnel de la Sécurité sociale.

— C'est gentil, mais pourquoi ? demanda Noémie, méfiante.

— Je suis vice-présidente de l'association La Rose et l'Épine. Notre mission est d'aider notre prochain, de retirer les épines qui jonchent nos chemins de vie et d'apporter la rose du bonheur. Nous rendons un peu ce que la vie nous a généreusement donné.

— Jamais entendu parler.

— Nous restons discrets. Aider nous suffit. J'ai remarqué la transformation de votre mari. Il me fait de la peine. Il présente tous les symptômes du dépressif. Et chez vous, je décèle de la peur. J'ai un sixième sens pour cela. J'ai des rebouteuses et des magnétiseuses dans ma famille. Nous sentons les choses.

Noémie se dit qu'elle ne s'était pas trompée en la voyant comme une sorcière. La psy continuait :

— Je comprends que vous défendiez votre mari mais, croyez-en mon expérience, si ça continue comme ça, votre couple court à la catastrophe.

— C'est déjà la catastrophe depuis longtemps. C'est même postapocalyptique.

La psy lui posa la main sur l'avant-bras. Pour la première fois, Noémie se sentit submergée par le désespoir.

— C'est dur… Je ne sais plus comment faire.

Elle se ressaisit et écrasa ses larmes.

— Vous voulez nous proposer une thérapie de couple ?

— Pas du tout. J'ai un cadeau pour vous.

La psy prit un sachet de toile écrue, en sortit un petit médaillon de couleur prune et le tendit à Noémie. La jeune femme le posa délicatement dans la paume de sa main. Il était en terre cuite avec en son centre une rose avec trois épines en bas de la tige.

— C'est joli…

— Il vous portera chance. Pierre a reçu le même et vous avez observé le résultat chez lui. C'est un homme nouveau.

— Je pensais qu'il avait suivi une thérapie. Et je suis censée en faire quoi ?

— Vous le déposez sous votre matelas, juste à l'endroit où dort votre mari. Mais il ne faut pas lui en parler.

— On fait chambre à part… Et c'est tout ? demanda Noémie, vaguement déçue.

— Oui. Vous devriez voir les résultats très rapidement. Vous acceptez ?

— Pourquoi pas, au point où j'en suis…

— Et si vous me parliez de cette histoire de local à vélos ?

Lundi

Il était presque trois heures quand Noémie fut réveillée par un hurlement. Elle retira ses bouchons d'oreille, alluma la lampe de chevet et découvrit Marc debout devant le pas de la porte. Il ne portait qu'un caleçon qui soutenait avec peine le bout de flan qui lui servait de ventre.

Noémie consulta son téléphone. Trois heures et demie du matin.

— Ça ne va pas ?

— J'ai fait un putain de cauchemar. Je regardais la télé et tout d'un coup le canapé s'est ouvert et m'a… avalé. Il était vivant. Je te jure, comme s'il me dévorait, il avait des dents, une langue… Il bavait. C'était un canapé mort vivant. Je le sentais. Il avait une haleine pourrie.

— Römstrod bavait et te mangeait ?

— Ouais.

— Römstrod, le canapé zombie…

— Oui, ça paraissait si réel. Il avait commencé à me bouffer les jambes.

Noémie se releva pour se caler contre son oreiller.

— OK, rendors-toi. Et arrête de mater ces séries débiles. Moi, je commence tôt demain.

Marc la dévisagea.

— Tu ne veux pas venir dormir avec moi ?

— Euh non.

Son mari se gratta le crâne, l'air penaud.

— C'est le rêve le plus con que j'ai jamais fait.

Jeudi

Marc avait relevé la couette et la vit. La femme zombie était assise sur la chaise à l'angle entre le mur et la fenêtre, elle l'observait, des filets de salive aux commissures des lèvres. La moitié de la joue droite arrachée qui laissait entrevoir la langue, la peau verdâtre criblée de pustules, elle semblait ricaner.

Il pouvait presque entendre son souffle. Il voulut bouger, mais ses jambes, comme deux planches de bois pourries, restèrent inertes. La zombie allait peut-être l'oublier. Pendant un instant, il crut qu'elle ne se lèverait pas.

La nuit précédente, elle était sortie de la bouche gluante et sanglante du canapé et l'avait poursuivi dans l'appartement. Il lui avait échappé en bloquant la porte de sa chambre.

Soudain, elle se leva et marcha vers son lit, les deux mains tendues dans sa direction.

— Marc, laisse-moi t'aimer.

Il hurla quand elle passa sa main décharnée dans ses cheveux.

Samedi

Noémie se leva, l'esprit embrumé, la bouche lourde et la gorge râpeuse.

Encore un hurlement. Marc. Comme toutes les nuits. Ses putains de cauchemars de zombie.

Qu'il se fasse bouffer une bonne fois pour toutes.

Il était cinq heures du matin. Elle se massa les tempes et soupira. La veille au soir, elle avait fait la fête chez l'une de ses collègues. Six mojitos dans l'estomac et le cerveau, elle s'était laissé embrasser par un inconnu, plutôt beau gosse, et avait résisté pour ne pas finir chez lui.

Elle s'enveloppa dans son peignoir et se dirigea vers la cuisine pour avaler un litre de café. Elle regrettait de ne pas avoir cédé à la tentation. Le type était vraiment pas mal du tout. Bien foutu et gentil. Marco. La coïncidence était drôle, même prénom que son mari, mais en version italienne.

Elle frissonna et sortit de sa chambre. Rien qu'à l'idée de croiser Marc dans l'appartement, son moral retombait au niveau de ses deux voûtes plantaires. Depuis une semaine, ses cauchemars mettaient ses nerfs à vif et lui pourrissaient ses nuits. Si c'était ça le pouvoir du médaillon à la rose, alors elle allait le rendre à la sorcière. Le cadeau pourri.

Elle traversa le salon, aperçut avec répugnance une part de pizza qui traînait sur le parquet. Un courant d'air froid la saisit pour l'envelopper dans un cocon de glace. Elle aperçut la fenêtre grande ouverte.

Le con !

Ils dépensaient des fortunes en chauffage et cet abruti ne refermait pas les fenêtres. Elle fila à travers la pièce et agrippa la poignée de chrome. Au moment où elle allait refermer, un cri retentit dans la rue.

Noémie se pencha.

Une femme avec un chien faisait de grands signes.

Son cœur fit un bond.

En contrebas, une silhouette en survêtement bleu gisait sur le toit d'une voiture. Les bras et les jambes formaient comme une croix désarticulée.

Dimanche

Le cerveau vide, Noémie ne rêvait que d'une chose, rentrer chez elle et s'enfoncer dans son lit. Entre la reconnaissance du corps de Marc et l'interrogatoire par les policiers, elle avait passé la matinée à la morgue, puis au commissariat. Le suicide apparaissait comme la solution la plus évidente aux yeux de tous. Elle était attristée, mais dans la limite du raisonnable. Elle n'avait pas l'impression d'avoir perdu un mari. Römstrod, lui, le regretterait plus qu'elle.

Quand elle poussa la porte de l'immeuble, elle tomba nez à nez avec la psy et Pierre qui étaient en pleine conversation.

— Oh, Noémie ! Je suis navré par ce drame, dit Pierre en se jetant sur elle.

— Toutes mes condoléances, ajouta Sophia en lui prenant la main, comment vous sentez-vous ? Et ce n'est pas du langage phatique.

Noémie les regardait, le visage hébété.

— Je ne sais pas. C'est si inattendu…

— D'un mal jaillit parfois un bien, répondit la psy d'un air énigmatique.

— Comment ça ?

— Au-delà du chagrin, vous devez vous sentir… délivrée. Non ?

Noémie se raidit.

— Qu'entendez-vous par là ?

Pierre se rapprocha d'elle, la mine bienveillante.

— Moi aussi, j'ai connu ça. Une nouvelle vie s'offre à toi.

— Je ne comprends pas, murmura Noémie.

— Moi aussi quand Capucine est morte l'année dernière, j'étais un peu perturbé. Et puis tout s'est éclairci. Je suis si heureux depuis sa disparition.

— Capucine… morte ?

— Oui, après une semaine de cauchemars. Comme Marc. Elle s'est suicidée. La pauvre.

Pierre avait échangé un sourire avec la psy. Noémie sentait un frisson humide et glacé remonter le long de son dos.

Sophia s'approcha d'elle et lui passa un bras autour de l'épaule. Son regard sombre transperça Noémie.

— La rose de ton destin va éclore. Le médaillon a exaucé ton vœu le plus cher pour Noël. Il a retiré la plus grosse épine qui écorchait ta vie : ton mari.

Méchant de Noël

par Cédric Sire

Ce soir je vais tuer l'amant de ma femme.

J'y ai longuement réfléchi. À chaque gorgée de whisky, à chaque larme ravalée. J'ai envisagé toutes les manières de le faire. Tellement fantasmé sur la délivrance que cela m'apporterait alors.

La rage me déchire et je m'emporte trop facilement, oui, mais le visage de Clara refuse de quitter mes pensées. Elle était l'amour de ma vie. *Perfide traîtresse.* Sa bouche douce comme un bonbon à la guimauve qui ne me souriait plus depuis des mois, son corps parfait d'instructrice de fitness qu'elle ne me laissait plus approcher. Ma Clara, mon épouse merveilleuse à qui j'ai offert mon cœur et mon âme, qui ne dissimulait même plus son agacement chaque fois qu'elle posait les yeux sur moi.

En dépit de tout l'argent que je gagne, de mes promotions si durement arrachées, je n'ai jamais vraiment eu qu'elle, que la présence rassurante de Clara pour supporter le vide de ma vie. Et maintenant…

Il se prépare pour le grand soir. Il sifflote en revêtant le costume rouge à fourrure blanche. Il passe l'élastique de la fausse barbe derrière sa tête. Il complète le déguisement en enfilant le bonnet moelleux sur sa tête. Face à son miroir, il est enchanté du résultat.

Effrayant.

Au bout du compte, c'est son unique but. Faire peur. Terrifier sa proie à mort. Il est naturellement maigre, écharné presque, le déguisement trop ample qui flotte autour de lui accentue cette sensation d'étrangeté. C'est morbide à souhait.

Ce soir, il s'est déguisé en père Noël, oui, mais un père Noël tout droit surgi d'un cauchemar. Venu prendre, pas donner.

Et encore. Il imagine quand il sera couvert du sang de son condamné. Là, oui, ça aura vraiment de la gueule. Il a tellement hâte.

Comment les choses ont-elles pu basculer si vite ? C'était il y a une semaine à peine, mais je me rends bien compte que ma perception du temps a volé en éclats. Trop de souvenirs qui remontent, trop de colère qui bat dans mes tempes. Je nous revois, Clara et moi, à la soirée de mon entreprise, Evergreen Foncier. Je me souviens de ma surprise d'y croiser mon ami de fac, Dylan Aulnoy. Quand je pense que, comme le dernier des idiots, j'étais aux anges de le revoir !

La plupart du temps, j'avoue que mon métier n'est guère passionnant. Je suis gestionnaire d'actifs immobiliers spécialisé dans le portage foncier et le recyclage urbain de biens en déshérence. En d'autres termes, je passe mes journées devant un écran à essayer de démêler les casse-têtes légaux dont notre pays a la spécialité.

Héritages non réclamés, entreprises en faillites, mauvais investissements devenus gouffres fiscaux… Personne ne pourrait se douter du nombre de constructions orphelines éparpillées en périphérie des grandes villes. Ce sont ces biens dont, au bout du compte, mon entreprise obtient la gestion.

Ma directrice, Anneliese, organise des événements réguliers pour créer du « lien social » avec les investisseurs. C'est amusant quand on sait qu'elle se décrit elle-même comme un pitbull avec du rouge à lèvres. Je ne peux pas compter le nombre de fois où je l'ai vue poser ses mains aux ongles toujours impeccablement multicolores sur la table de réunion et annoncer à ses clients ce qu'ils devaient céder et où ils devaient investir. Et vous savez quoi ? Ils font ce qu'elle leur ordonne. Sans hésiter. On ne discute pas les conseils d'Anneliese Evergreen.

Lors de la soirée, elle n'a eu besoin que de quelques instants en leur compagnie pour comprendre ce qui se passait entre eux. D'un mouvement de menton, elle m'a signifié de la suivre. Je l'ai rejointe sur un balcon, ma coupe de champagne déjà levée car je croyais benoîtement que ma directrice souhaitait trinquer avec moi.

Anneliese ne voulait pas trinquer, non. Elle a dirigé un regard explicite en direction de ma femme et de mon ami qui discutaient avec d'autres convives. Il était question de l'accélération du réchauffement climatique, du durcissement politique, du corps d'un joggeur enfin retrouvé après des jours de recherches, les habituelles banalités du moment. Et, évidemment, ça m'a frappé à mon tour. Comme un coup de poing bien vicieux à l'estomac.

La complicité évidente dans leur langage corporel. La sensualité à peine retenue de leurs gestes l'un envers l'autre. Cette tendresse radieuse que je n'avais plus aperçue sur le visage de ma femme depuis bien longtemps. *Ma Clara et mon vieux camarade Dylan.* Leurs doigts qui comme par hasard s'effleuraient, leurs gloussements qui se répondaient. Cela crevait les yeux à un point…

Mes bras se sont affaissés sans que je puisse les contrôler. Le contenu de mon verre a ruisselé sur le balcon. Un beau gâchis pour du champagne à deux cents euros la bouteille. J'ai serré cette foutue coupe en me demandant si elle allait exploser entre mes doigts.

Anneliese a souri, un de ses habituels sourires sans joie, évoquant une sorte de dépit détaché, comme si le monde entier la décevait toujours et que ce n'était jamais une surprise.

— Mon pauvre chou, tu es cocu et c'est fort triste. Fais ce que tu veux, mais *dès l'instant* où cela impacte ton travail, tu peux revoir tes aspirations professionnelles. *Alles klar*[1] ?

J'ai ravalé une salive au goût de bile. Anneliese Evergreen choisit toujours soigneusement le moindre de ses mots. Je l'ai vue licencier plusieurs collaborateurs d'un simple « *Auf wiedersehen*[2] » parfaitement détaché. L'avertissement qu'elle m'adressait était officiel.

— *Alles klar*, lui ai-je répondu en lançant ma coupe vide au hasard derrière moi.

---

1. C'est bien clair ?
2. Au revoir.

Il s'est écoulé quelques secondes avant que je n'entende le bruit de verre brisé, quatre étages plus bas.

Tout est clair, oui. Il faudrait que ça le soit, et au plus vite.

L'intrusion. La surprise. La terreur.

Cette panique qu'il espérait susciter, grâce à son accoutrement de père Noël hideux. Tous ces cris désespérés, toute cette intensité qui le font se sentir vivant, puissant, important.

Maintenant, il le frappe. Il ne sait plus depuis combien de temps il s'acharne sur sa victime. Ses poings cognent. Le sang gicle. Il y en a autant qu'il en rêvait. Du rouge sur ses poings. Sur ses joues, sur sa fausse barbe. Partout sur les murs.

Il s'arrête pour souffler et contempler la silhouette recroquevillée devant lui.

Les guirlandes qui habillent le sapin clignotent derrière lui, peignant la pièce en bleu puis en rouge. Débordant de jubilation, il se retourne, décoche un coup de pied dans l'arbre de Noël. Tout s'effondre sur les paquets déposés tout autour.

La première étape de la soirée est accomplie.

Il ouvre à présent son sac où se trouve la corde.

Maintenant, il s'agit de bien ficeler son cadeau.

Il fallait donc que ça arrive. De retour à la maison, j'ai exigé des explications et Clara m'a tout déballé. On aurait dit que ça la soulageait. Elle m'a avoué que sa liaison avec Dylan durait depuis un an. UN AN. Sans rire. Elle était malheureuse avec moi, elle avait trouvé du réconfort dans les bras de celui que je croyais être mon ami.

— Tu n'es qu'un abruti égoïste, il n'y a que le travail dans ta vie ! a-t-elle fini par me balancer. Tu t'imagines vraiment être plus malin que les autres ? Tu ne vois pas que tu fais toujours souffrir tout le monde ?

J'ai réagi de la seule manière dont j'étais capable sur le moment. Je l'ai jetée dehors. Littéralement. Je l'ai attrapée par les vêtements, je l'ai poussée, elle a crié, je ne me souviens même plus exactement, tout est un peu confus dans ma tête. Ce dont je suis certain, c'est que je lui ai hurlé de foutre le camp chez son amant, puisque c'était ce qu'elle avait décidé, et de ne surtout jamais remettre les pieds dans MA maison.

Le lendemain à la première heure, j'ai reçu le message d'un avocat qui la représentait.

C'était officiel, ma femme souhaitait me prendre tout ce que j'avais. Elle était déterminée à se battre. Elle m'accusait carrément de violences physiques. J'ai repensé à toutes les horreurs qu'elle m'avait jetées au visage la veille. Je l'avais perdue pour de bon. À cause de Dylan, je n'avais plus rien.

Plus rien à perdre.

J'ai transféré le message de l'avocat de Clara au mien. C'est moi qui allais l'attaquer, et plutôt deux fois qu'une ! L'infidélité est un délit reconnu dans les dossiers de divorce, que je sache.

J'ai ensuite songé à ce que j'allais faire. *Comment* j'allais le faire.

C'était le premier jour de mes vacances d'hiver. Je me suis fait la réflexion qu'il faisait encore plus de vingt degrés, que plus rien n'avait de sens. Qu'ils aillent *tous* au diable.

J'ai songé que je disposais d'une semaine pour préparer ma vengeance.

Après tout, quelle meilleure nuit pour tuer un homme que celle de Noël ?

Quand il revient à lui, il est solidement ligoté. Il gémit, il n'a plus la force de crier. De toute manière, son agresseur lui fourre un chiffon dans la bouche et serre le tout avec davantage de corde rêche.

— Tu t'y attendais pas à celle-là, hein ? Tu as été un méchant garçon, tu sais. Et tu vois ce qui arrive aux méchants garçons ? Ils n'ont pas de cadeaux. À la place, ils sont bien punis.

L'homme attaché ouvre de grands yeux terrifiés. Il secoue la tête. Se tord mollement, en vain.

— Ho ho ho ! s'amuse l'abominable père Noël en piétinant les boîtes enveloppées de papier cadeau. Quelle belle soirée, hein ?

Initialement, nous devions passer le réveillon en famille, chez les parents de Clara. Je savais donc où elle se trouverait le soir du 24 décembre. J'ai pris soin de laisser mon téléphone dans ma chambre. Si on devait m'interroger sur mes activités de la nuit, je serais resté seul chez moi, à noyer mon chagrin dans l'alcool. Mon histoire se tiendrait. Il n'appartenait plus qu'à moi d'éviter les erreurs sur mon parcours. Il faisait nuit depuis longtemps, j'ai roulé en évitant les rues équipées de radars qui sont autant de petits mouchards scannant chaque plaque d'immatriculation. Je me suis garé le long d'un mur sans fenêtre, le plus loin possible des réverbères et de la résidence de Dylan, mais assez près tout de même pour apercevoir sa porte d'entrée.

J'ai patienté dans l'obscurité.

Comme je l'avais déduit, j'ai vu ma femme sortir de chez lui, plus belle que jamais, enveloppée dans un tout nouveau manteau en laine écru qui lui faisait une silhouette de déesse. J'ai serré le volant, je me suis tenu recroquevillé en espérant qu'elle ne me repère pas. Clara est entrée dans sa voiture et elle est partie dans la direction opposée. Jusque-là, tout se déroulait comme je l'avais espéré. Je n'avais aucune idée des projets de Dylan pour la soirée, mais je ne comptais pas lui laisser le temps de se préparer. Je suis aussitôt allé toquer à sa porte.

Dylan a fait une de ces têtes en me voyant ! Cependant, j'ai été son ami pendant des années, et il a toujours été quelqu'un de poli. Il s'est senti obligé de me laisser entrer, tout en me prévenant qu'il n'avait pas le temps de s'embrouiller maintenant, il devait aller retrouver son frère et sa belle-sœur pour le dîner. Il faudrait décider d'un rendez-vous ultérieur pour résoudre nos différends en hommes adultes, et…

… dès qu'il m'a tourné le dos, j'ai écrasé la matraque sur son crâne. Une seule fois a suffi pour qu'il s'effondre à mes pieds, où il est resté inanimé.

C'était plus facile que je ne l'avais espéré. Je me suis empressé de récupérer les clés de Dylan sur le meuble de l'entrée. Je me suis également assuré d'éteindre son téléphone, au cas où quelqu'un chercherait à le joindre.

Ensuite, j'ai traîné son corps jusqu'au garage, et cela aussi s'est révélé plus simple à faire que je ne m'y étais préparé. J'ai fourré Dylan dans le coffre de son Audi. Je l'ai entendu gémir et taper à l'intérieur.

Qu'il se fatigue donc. Qu'il appelle à l'aide autant qu'il veut.

Personne ne l'entendra.

Personne ne saura où il est parti.

L'homme ligoté ne bouge plus. On pourrait penser qu'il est mort.

Il ne l'est pas encore. Cela viendra, ce sera lent, ce sera sanglant, mais ce ne sera pas ici. Question de sécurité.

Dans l'immédiat, son agresseur le soulève, le fait basculer en travers de ses épaules, s'assure que le poids est bien réparti pour le transporter sans trop d'efforts. Puis il ressort par la porte d'entrée et marche vers le fourgon qu'il a volé pour l'occasion.

Il a parcouru la moitié du chemin quand un cri de surprise s'élève depuis une fenêtre, sur sa droite. L'homme en costume de père Noël tourne la tête en pestant.

À quelques mètres de lui, un enfant qui ne doit pas avoir plus d'une dizaine d'années le dévisage, la bouche ouverte en grand, les yeux exorbités.

— Hé, ho ! lance-t-il en adressant au môme un clin d'œil complice. Est-ce que tu as été un gentil garçon ?

L'enfant claque la fenêtre et disparaît, hurlant au secours à l'intérieur de la maison.

Très bien. Les parents ne croiront jamais ce que leur gosse pourra leur raconter. Il se hâte tout de même jusqu'au fourgon pour y déposer son butin humain.

La route a été un peu longue, mais je suis enfin arrivé à destination. Je suis descendu de la voiture de Dylan. Mes semelles ont crissé sur les graviers du chantier. L'air nocturne était empli de l'odeur des champs et de la rumeur étouffée du périphérique tout proche. Il faisait toujours cette chaleur insolente pour un 24 décembre.

Douce nuit, comme dit la chanson.

Pour Dylan, ce serait également le pire des Noëls de sa vie.

J'étais là pour y veiller.

J'ai contemplé mon reflet dans la vitre. Cheveux en bataille. Yeux cernés. Je ne m'étais pas rasé depuis des jours. J'avais l'air d'un dément et c'était exactement ce que je voulais.

Dès que j'ai ouvert le coffre, Dylan a essayé de me sauter à la gorge. J'avais anticipé le coup, j'ai reculé d'un pas, et il a gauchement glissé hors du véhicule. Il s'est ramassé sur le sol comme un sac de patates.

Je l'ai frappé avec la matraque. Cela n'a pas suffi à le calmer. Dylan m'a saisi à bras le corps et m'a plaqué au sol.

— Espèce de malade ! a-t-il beuglé.

Les cailloux grossiers meurtrissaient mon dos, déchirant ma veste.

Cela ne faisait que renforcer ma détermination.

J'ai balancé un coup de tête en plein dans le nez de mon ami. Suivi d'un autre. Dylan a fini par se détacher de moi.

De nouveau, je l'ai roué de coups de matraque.

— Couché, Dylan !

— Mais putain, a-t-il finalement bafouillé, à genoux et la bouche en sang. Pourquoi tu fais ça ?

— Tu te fous de moi ? POURQUOI ?

Je lui ai décoché un dernier coup, en travers de la joue. Cette fois, Dylan est resté au sol.

— C'est bon… Par pitié, Yannick… je ne sais pas ce que tu t'es mis en tête, mais tu as gagné…

Et comment, que j'avais gagné ! Pourtant, le voir ainsi rabaissé ne m'apportait rien de la joie que j'avais espéré ressentir. De la rage étouffante m'emplissait toujours, noyant toute autre émotion.

— Tu la fermes maintenant, lui ai-je intimé pour ne plus y penser. Tu vas te lever et entrer là-dedans. Pour la pitié, on verra un autre jour.

Dylan a semblé prendre conscience de la présence du bâtiment derrière nous. Sous la lune brillante, la structure grossière évoquait un paquebot abandonné en pleine nature. Des murs nus, de grands encadrements de béton sans aucune porte ni fenêtre. Un grand passage enténébré faisait office d'entrée.

— C'est quoi, cet endroit… ?

— Ne me le fais pas répéter, ou je t'éclate le crâne tout de suite. Debout.

Dylan s'est relevé en titubant.

Mon choix avait été minutieux. Ce chantier, de tous ceux dont j'ai la gestion, était le lieu idéal. Initialement, il s'agissait d'un projet de bureaux, qui avait été abandonné avant même d'être achevé. La construction avait été stoppée durant la pandémie de Covid, l'entrepreneur avait alors fait faillite et les propriétaires de la concession avaient plongé dans la foulée. Il n'y avait aucune surveillance car on n'y trouvait rien à voler, personne ne se souciait de ce qui pouvait se passer dans une carcasse de béton perdue à plus de vingt kilomètres de toute agglomération.

— Allez, avance.

Nous avons longé des monticules de déblais et de gravats qui s'amoncelaient sur les côtés. À l'intérieur, un sol de ciment brut, des espaces vides plongés dans le noir. Dylan a tâtonné le long du mur pour ne pas trébucher.

— Yannick, putain, on n'y voit rien !

— Tes yeux s'habitueront. L'escalier à droite. On monte au dernier étage.

— On doit pouvoir discuter en adultes, a repris Dylan alors que nos pas résonnaient sur les marches de béton rugueux.

J'ai donné plusieurs coups de matraque sur le mur, juste derrière lui, pour qu'il cesse de geindre et presse le pas. Nous sommes arrivés au troisième et dernier étage.

Ce niveau était le moins fini du bâtiment, ce qui n'était pas peu dire. La toiture n'avait pas été installée. Des baies vitrées avaient été prévues sur les plans, mais en l'état il n'y avait que les colonnes des fondations s'ouvrant sur la nuit. On apercevait le serpent rouge et blanc des phares sur le périphérique, sous un ciel tapissé d'étoiles.

Pourtant, l'étage tout entier était baigné dans de douces lueurs multicolores. J'avais acheté tout un assortiment de guirlandes LED à recharge solaire que j'avais installées cet après-midi spécialement pour ce petit tête-à-tête. Les décorations clignotaient à présent, par groupes de couleurs, du bleuté à l'orange ou au jaune.

Dylan s'est tourné vers moi. Illuminé par une guirlande violette, il était cadavérique.

— Je t'en supplie, Yannick. Réfléchis un peu…

Je lui ai lancé la paire de menottes que j'avais achetée pour l'occasion.

— C'est tout réfléchi. Mets ça à ton poignet. Ensuite, tu vois ce tuyau ? Tu t'y attacheras.

Le tuyau en question était une goulotte en plastique rigide, destinée à accueillir les câbles électriques qui n'avaient jamais été posés. Avant même que Dylan ouvre la bouche pour se plaindre, j'ai agité la matraque pour qu'il comprenne que je ne plaisantais pas, il n'a pas osé insister. Il a refermé la première boucle de métal autour de son poignet, l'autre autour de la gaine électrique.

— La clé, maintenant.

— Yannick, nous sommes amis depuis…

— Nous ne sommes plus RIEN depuis l'instant où tu as décidé de baiser ma femme, connard. Envoie la clé !

Dylan a fini par la jeter à mes pieds. Je me suis accroupi pour la récupérer, avant de la balancer dans le vide.

— Mais qu'est-ce que tu fais ? a hurlé Dylan en tirant sur son poignet désormais prisonnier. Ne me dis pas que… tu ne penses pas…

Je l'ai gratifié de mon sourire le plus sadique possible.

— Et toi ? Tu crois qu'on te retrouvera avant que tu crèves de déshydratation ? Parce que, moi, je n'en suis pas très sûr…

Dylan s'est littéralement effondré à genoux, me suppliant à présent :

— C'est bon ! Je te demande pardon, Yannick ! C'est ce que tu veux entendre ? Que je suis désolé de t'avoir trahi ? Je le suis ! Vraiment ! Je ne voulais pas te faire de mal !

— En t'envoyant ma femme ? Depuis un an, c'est bien ça ? Tu te fous de ma gueule ?

— Que veux-tu que je te dise ? J'aime Clara, et elle m'aime, c'est comme ça. Elle ne reviendra pas, quoi que tu me fasses.

J'ai serré les dents à en avoir mal. Ce foutu crétin ne réagissait pas comme je m'y étais attendu, il ne faisait qu'attiser ma frustration !

— C'est bien pour ça que tu mérites ce qui t'arrive. Ce n'est pas la faute de Clara. C'est la tienne.

Dylan m'a fixé droit dans les yeux. Il a lâché :

— Putain ! Tu en veux un, de coupable ? Pourquoi tu ne te regardes pas dans un miroir ? Clara m'a raconté comment tu la traitais, tu sais !

— Je la traitais comme une princesse ! me suis-je aussitôt défendu.

— Tu t'es toujours comporté comme un tyran avec elle, oui ! Tu ne piges pas qu'elle ne t'aime plus depuis longtemps ? Si elle n'a pas eu le courage de te quitter jusqu'ici, c'est parce qu'elle avait *peur* de ta réaction. Et je suis bien placé pour comprendre pourquoi ! Espèce de taré !

Dylan hurlait à présent. Je me suis senti déstabilisé malgré moi.

— Ce n'est pas vrai… c'est toi… toi qui…

— Dès qu'une chose ne va plus dans ton sens, tu deviens dingue, Yannick ! Tout ton entourage t'a fui, tu ne le vois toujours pas ? Il n'y a que ta patronne qui te supporte, parce que tu es aussi cinglé qu'elle. Sans déconner, tu as vu ce que tu me fais ? Tu espères vraiment me voir mourir ici ?

Je me suis mordu les lèvres. J'avais espéré que cet instant serait une libération. En définitive, ce que je ressentais était plus proche du désarroi. De la honte, même. C'était insupportable.

J'ai tourné le dos à mon ami et me suis approché du bord, là où l'étage plongeait dans le vide.

Tous mes plans, que je croyais si bien élaborés, vacillaient.

Le soulagement que j'appelais de tous mes vœux ne venait pas.

Je ne comptais pas laisser Dylan mourir, évidemment. Je n'en avais jamais eu l'intention.

J'ai *fantasmé* sur l'idée de le tuer, ça, je ne le nie pas. Pendant une semaine, je me suis imaginé toutes les possibilités de le faire. Au fond de moi, je voulais me dire que *j'aurais pu*. Si j'avais *voulu*. Mais je ne serais jamais allé au bout. Tout ce que je souhaitais, c'était pouvoir savourer la peur de ce traître. Je voulais être témoin de sa douleur, qu'il comprenne tout le mal qu'il m'avait fait.

Sauf que ça ne marchait pas du tout comme je l'avais espéré.

Dylan avait raison. La colère me rendait un peu dingue. C'est ce qu'avait dit Clara également. Que j'étais un abruti égoïste.

Et puis subitement, des phares sont apparus au bout de l'allée.

Un fourgon remontait le chemin de terre dans notre direction. Il s'est garé devant l'immeuble, la portière s'est ouverte et un homme en est sorti.

Il était habillé en père Noël.

Quel bonheur de retrouver son petit endroit secret !

Cela fait un peu plus d'un an qu'il a découvert ce bâtiment abandonné au milieu de nulle part. Le lieu idéal pour massacrer qui bon lui semble, en toute tranquillité. Son dernier meurtre remonte à une dizaine de jours à peine : un joggeur, choisi au hasard et dont il a abandonné le corps en forêt, assez loin d'ici pour que personne ne puisse remonter la piste.

Tant qu'à narguer les autorités, il a décidé de recommencer plus vite que d'habitude. Mais, cette fois, avec une mise en scène de circonstance. Il a toujours eu envie de se costumer, c'était la nuit ou jamais !

Il ouvre la porte latérale du fourgon, tire son prisonnier par les pieds. L'homme ligoté se débat à peine, à bout de forces. Il ne connaît pas personnellement sa victime. Il sait juste que son prénom est Émile, et que le brave homme se trouvait au mauvais endroit, au mauvais moment. Il l'a kidnappé dans sa résidence secondaire de petit bourgeois, alors que le brave Émile venait installer les cadeaux au pied du sapin avant l'arrivée du reste de sa famille. Les pauvres, ils ont dû débarquer entre-temps, on peut parier qu'ils vont passer de sacrées fêtes !

Une chose est sûre, personne ne viendra le chercher ici. Il peut prendre tout son temps pour achever son prisonnier. Ce sera son cadeau à lui.

Il charge le corps gémissant sur ses épaules.

Ce n'est qu'en se retournant qu'il aperçoit l'autre véhicule garé un peu plus loin.

Il lève alors les yeux vers le bâtiment en chantier. Il n'avait pas remarqué les lueurs clignotantes, au dernier étage, et s'en veut pour cette erreur de débutant.

Il aperçoit également la silhouette d'une personne.

Un témoin surprise ?

Il grogne en songeant que ça, c'est vraiment pas de chance.

Car il ne laissera personne lui gâcher sa fête.

Ce n'est pas un père Noël. Il ressemble plutôt à un psychopathe de film d'horreur.

Voilà qu'il me désigne d'un index menaçant, avant de ramener ce doigt à ses lèvres.

Chut ? Vraiment ?

Je ne parviens pas à étouffer un cri. Une frayeur irrépressible, irrationnelle, me comprime l'estomac.

L'individu costumé laisse tomber la silhouette humaine ligotée qu'il portait sur ses épaules. Le prisonnier s'écrase sur les graviers où il se tord avec désespoir.

La voix de Dylan s'élève derrière moi :

— Il y a quelqu'un en bas ?

Alors que j'hésite à répondre, il enchaîne :

— Au secours ! À l'aide ! On est là !

— Tais-toi, putain, Dylan ! Je te jure que ce n'est pas de l'aide qui arrive…

Évidemment, il s'entête. Il hurle à pleins poumons ;

— AU SECOURS ! CE MALADE M'A KIDNAPPÉ !

Je le maudis. Tout en songeant qu'il est attaché à la goulotte et que j'ai jeté la clé des menottes. Je me tourne vers lui, agitant une main fébrile.

— Dylan, ta gueule ! Vraiment ! Tu ne comprends pas ce qui se passe !

Quand je regarde de nouveau vers le bas, je constate que l'homme déguisé en père Noël n'est déjà plus là où il se trouvait un instant auparavant.

Il est en train de courir vers l'entrée du bâtiment.

— À L'AIDE ! s'entête Dylan. À MOI !

Pas de temps à perdre. Je me précipite vers lui. Il a un mouvement de recul, craignant que je le frappe à nouveau.

— Dylan, écoute-moi donc ! Nous sommes en danger, tu comprends ?

— Si je comprends ? marmonne-t-il en me dévisageant avec dégoût. Espèce de gros connard ! Libère-moi !

— J'aimerais bien…

Je secoue la goulotte dans laquelle est passée la menotte. Du plastique dur. Incassable à mains nues, et certainement pas en quelques secondes.

Les pas de l'individu résonnent dans l'escalier, accompagnés par des cris aigus :

— HO HO HO ! OÙ EST DONC LE GARÇON QUI N'A PAS ÉTÉ SAGE ?

— Mais qu'est-ce qui se passe ? s'affole Dylan.

— Tu ne me croirais pas…

Je ne dispose que de quelques instants pour trouver une solution. Je fouille du regard la salle mal illuminée par les guirlandes. Juste des murs, des entassements de panneaux en polystyrène moisis, rien qui puisse nous aider. J'essaie de me servir de ma matraque comme pied-de-biche, en la passant derrière le tuyau. La goulotte est trop épaisse, elle se tord à peine sous la pression.

— HO HO HO ! poursuit la voix aigrelette, de plus en plus proche.

Dylan pousse un cri de terreur.

— Qu'est-ce que c'est que *ça*, putain ?

Je me retourne, tandis qu'à côté de moi Dylan secoue la menotte en tous sens, pris de panique frénétique.

L'individu habillé en père Noël se tient sur le seuil de la pièce. Sa fausse barbe maculée de matières sombres est toute de travers, dévoilant un sourire édenté. Une guirlande clignote à quelques centimètres de son visage, le baignant par intermittence de bleu électrique.

— Alors ça ! s'exclame-t-il. Tu fais comme moi ? Tu viens finir les tiens ici ?

Les mots me manquent pour lui répondre. L'individu avance d'un pas, passant dans le halo rouge écarlate d'une autre guirlande. Son sourire a disparu.

— Moi, j'en ai déjà fait trois. Je me sers du premier étage, c'est plus propre. Quoi qu'il en soit, c'est mon spot, et il le restera. Dommage pour toi.

Il plonge la main dans la poche de son costume et en ressort une matraque à impulsions électriques qu'il met aussitôt en marche. Le crépitement furieux des milliers de volts s'élève.

— Nom de Dieu, gémit Dylan. C'est la nuit de tous les dingues !

Pour le coup, je pourrais difficilement le contredire.

Je serre ma matraque. Le tueur me jauge du regard, hésitant encore à me foncer dessus.

Il me faut réfléchir très vite.

Tu ne vois pas que tu fais toujours souffrir tout le monde ?

Les reproches de Clara me reviennent.

Il n'y a que le travail dans ta vie.

Pour cela, je n'ai jamais prétendu le contraire. Je suis bon dans mon travail. Le *meilleur*. Je connais l'endroit où nous nous trouvons comme ma poche. Je me souviens qu'à ce niveau, à moins de dix mètres de nous, se trouve une trémie d'un mètre de large destinée à l'installation du conduit de désenfumage. Autrement dit, un trou béant, quasi invisible sous le faible éclairage des LED.

Je me lance :

— On ne s'est pas présentés. Je m'appelle Yannick Ebenezer, de la société Evergreen Foncier. Je suis mandaté pour valoriser et redynamiser ce patrimoine immobilier. Savez-vous qu'en interprétant les usages et en jouant habilement avec les rouages fiscaux, je pourrais vous proposer cette propriété à un prix battant toute concurrence ?

L'individu en costume marque un instant d'étonnement, avant d'éclater de rire. La lueur des guirlandes passe au vert phosphorescent. Je me rends compte à quel point cet homme est maigre. Des cicatrices d'acné grêlent son visage. Même sans le déguisement, il doit faire peur.

— Tu me fais rire, toi ! caquète-t-il. Je te promets que je te tuerai rapidement, tiens !

Comme pour appuyer la menace, le taser crépite au bout de son bras. Je m'écarte le plus vite possible, traversant l'espace de biais, pour me retrouver de l'autre côté du trou dans le sol.

— Vous êtes bien sûr que cela ne vous intéresse pas ? Je pourrais peut-être même vous obtenir des aides de l'État.

— Mais qu'est-ce que tu fous ? braille Dylan en continuant de tirer sur sa menotte.

— Je vais vous montrer, à tous les deux, ce qui m'intéresse ! conclut le bonhomme en fonçant vers moi.

Je le regarde traverser la salle avec un espoir fou. Je distingue très bien l'ouverture béante de la trémie, elle se trouve pile dans le chemin du psychopathe, je prie pour qu'il tombe dans le vide et se brise les os…

Mais même pas. L'enfoiré passe à quelques centimètres du trou.

J'entends mon hurlement de rage avant même de comprendre que je me suis élancé à mon tour. Je charge ce dingue déguisé en père Noël, de toutes mes forces, matraque levée en espérant cogner. Je n'en ai pas le temps, l'extrémité du taser m'a touché, je suis pris de spasmes, le contrôle de mes muscles m'échappe.

Je m'effondre sur le type, littéralement dans ses bras. Mais le choc de nos corps suffit à le repousser.

Juste deux pas en arrière.

Jusqu'au trou dans le sol.

J'entends Dylan qui continue de hurler alors que nous basculons ensemble.

Vertige.

Chute.

Choc.

Nous nous écrasons l'un sur l'autre un étage plus bas, où sont entreposés des carreaux en céramique qui se brisent sous notre poids.

Douleur.

Nous grommelons tous deux des injures en essayant de nous relever. Au moins, le psychopathe a perdu son taser dans la dégringolade. Je me rends compte qu'au moment de tomber, il a essayé de s'accrocher à une guirlande et l'a arrachée du mur. Elle clignote, rouge vif entre ses mains.

— Vilain garçon, crache-t-il avec un filet de sang.

— Et t'as encore rien vu !

La fureur décuple mes forces, j'empoigne les premières dalles de carrelage à ma portée et je les fracasse sur le crâne du tueur, une, puis deux, et une troisième encore. Davantage de sang suinte de son cuir chevelu et ruisselle sur son visage de cauchemar.

— Tiens donc ! ne puis-je m'empêcher de hurler. Plaisir d'offrir !

Le père Noël infernal ne se laisse pas faire. Il parvient à passer la guirlande autour de mon cou.

— Joie de recevoir, connard ! me répond-il en serrant le redoutable garrot.

Nos visages sont tout près l'un de l'autre, je suis aveuglé par les foutues LED, ma respiration est coupée, ma gorge littéralement broyée, je m'acharne pourtant, en coups maladroits, secouant mon bassin pour me dégager. Nous roulons peu à peu jusqu'au bord de la pièce.

Où s'achève le plancher.

Nous sommes de nouveau précipités dans l'obscurité.

Une chute de deux étages, cette fois.

Nous sommes morts.

Le tas de déblais était tout près, en fin de compte. Ils ne sont tombés que de quelques mètres avant de s'écraser sur la montagne de gravats. Les deux hommes dévalent le monticule, pêle-mêle.

Celui qui a dit s'appeler Yannick Ebenezer finit étendu sur les cailloux, la guirlande toujours enroulée autour de sa gorge illuminant son visage inerte.

L'autre, dans son costume à présent déchiré et en piteux état, se redresse tant bien que mal. Il a mal partout. Son front ouvert par les carreaux émaillés lui semble empli de rasoirs. Ceci étant, il peut encore plier ses membres.

Il n'a pas l'impression d'avoir quoi que ce soit de cassé.

— Purée. Je m'en sors pas si mal, quand même...

Il ne décèle le mouvement dans l'ombre qu'au tout dernier moment.

Le type qu'il avait pourtant bien ligoté ! Il vient de surgir de nulle part et lui assène un coup de barre de fer derrière la nuque. Un atroce bruit de craquement humide traverse son crâne.

Celui qui devait être sa victime le frappe une deuxième fois.

Et une troisième.

Jusqu'à ce qu'il ne bouge plus du tout.

— … Monsieur ?

J'ouvre les yeux. Des ondes de douleur traversent mon corps. Je ne reconnais pas l'homme assis à côté de moi, mais je déduis qu'il s'agit de celui que le psychopathe costumé avait kidnappé et amené ici dans le fourgon, qui a finalement réussi à se libérer. Il a retiré la guirlande qui m'étranglait et l'a jetée sur les graviers entre nous. Elle nous baigne de son halo spectral.

— Bon sang, vous m'avez sauvé, lui dis-je en me massant le cou. Merci.

— C'est vous qui m'avez sauvé. Ce taré allait m'assassiner. Je m'appelle Émile.

— Yannick.

Je contemple la silhouette de notre agresseur commun, recroquevillé un peu plus loin dans une posture désarticulée.

— Vous avez tué le père Noël…

Émile crache devant lui, non sans une grimace de satisfaction.

— Il s'en sortira peut-être, qui sait. Il a juste perdu beaucoup de sang. J'ai appelé la police. Les secours sont en route.

Je dévisage mon allié providentiel. Il a une bonne tête, aux joues rondes.

— Vous avez un téléphone sur vous, Émile ?

Il acquiesce en me montrant son poignet gauche, où il porte une montre connectée.

Depuis le sommet de l'immeuble, la voix de Dylan nous parvient. Il appelle à l'aide à tue-tête.

— C'est un ami à vous, là-haut ? me demande Émile.

Je souffle par le nez. Toutes les réponses que j'aurais à donner vont être compliquées, cette nuit.

— Je ne pense pas qu'il le formulerait comme ça. Il va falloir que j'aille le libérer, mais il peut patienter un tout petit peu. Puis-je vous emprunter votre montre pour passer un appel, Émile ? J'aimerais parler à ma femme. Je dois m'excuser pour… deux ou trois trucs dont je ne suis pas très fier, avant que la police arrive.

L'homme hésite un instant, mais se résout à détacher la montre de son poignet et me la tend. Alors que je pose le regard sur l'écran, je constate que l'heure passe de 23 h 59 à 00 h 00.

— Joyeux Noël, dis-je par réflexe.

Pour une raison absurde, ça me fait rire à en avoir des crampes au ventre. Le brave Émile à mes côtés finit par m'imiter. Nous rions tous deux comme des enfants, à en pleurer.

C'est Émile qui s'arrête le premier, d'un coup.

Je fais de même quand, à mon tour, je me rends compte qu'à l'endroit où se trouvait le bonhomme en costume, il n'y a plus que les graviers, et la nuit impénétrable tout autour de nous.

Le *Manuel des Instructions spéciales*
par Erik Wietzel

La solitude est le plus grand danger menaçant le gardien de phare, même s'il travaille en binôme. Alors, il cogite et s'occupe. Entre le brouillard, les tempêtes, le soleil blanc, le froid, l'épuisement et les cris incessants des goélands, il n'est pas rare que des hallucinations manipulent le monde autour de lui et l'entraînent bien loin de son île et de son collègue, aux franges de la folie. Quand ce ne sont pas les cadavres d'un naufrage qui gisent, écharpés, sur une ligne de rochers, et lui rappellent la précarité hostile de son environnement.

Aussi se raccroche-t-il à sa bible. Le *Manuel du Gardien de phare*.

Tout son métier y est expliqué, décrit, consigné. Les obligations, les manœuvres, le mode de vie, le rangement, le fonctionnement des machines, les relations avec les visiteurs éventuels… Sa lecture en est aussi âpre que du granite sous des pieds nus. Mais il est l'élément le plus tangible dans un univers où tout bouge, entre les marées et la houle, les nuées, l'érosion de tout.

Comme tous les gens de mer, les gardiens de phare ont leurs légendes et leurs superstitions. L'une des légendes à la vie dure est celle d'un manuel secondaire, une sorte d'annexe secrète au premier. Certains s'y réfèrent comme au *Manuel des Instructions spéciales*.

Si la Direction des phares a toujours contesté l'existence de ce livre, c'est sûrement parce qu'on serait censé y trouver de quoi faciliter notre travail et se distraire de manière très originale – l'imagination des marins est toujours très fertile en matière de défoulement.

Un gardien m'a affirmé l'avoir tenu entre les mains. Un exemplaire si altéré qu'il n'a pas su en tirer grand-chose. L'un de mes collègues a retrouvé cet homme dans un entrepôt de Salem ; il se balançait au bout d'un câble, le cou à demi sectionné par son propre poids.

*

Je ne pensais pas au manuel le jour où tout a commencé. Ni à l'officiel ni au légendaire. À vrai dire, en grimpant ces fichues marches vers la lanterne je pensais comme trop souvent à Sonia, mon ancienne maîtresse.

J'avais rêvé d'elle, toujours le même songe absurde où elle renonçait à sa décision de me quitter et revenait vers moi, vers nous. Une sorte d'ironie légère flottait sur son sourire, comme si elle n'était pas entièrement convaincue par la justesse de sa décision mais refusait de la discuter. Dans le rêve, je me disais qu'il était encore trop tôt pour se remettre ensemble, car j'étais persuadé que nous n'avions rien résolu. De fait, après quelques baisers gênés, Sonia se moquait de moi, me reprochait de n'être qu'un employé sans ambition. Un perdant. La suite du rêve ressemblait bien trop à la réalité pour que je me réveille de bonne humeur.

J'ai croisé Howie qui revenait de son quart, mon jeune binôme, un taiseux qui me regardait toujours avec l'intensité d'un homme qui en a déjà trop vu mais ne racontera rien. Comme nombre d'entre nous, il avait ses secrets et la claustrophobie du phare les maintenait encore plus profondément en lui. Tout ce que je savais de lui était inscrit sur son diplôme de l'université de Miskatonic, département des Cultures orientales, et sa fiche d'engagement.

« Il y a des marques sur la lentille. Il faudrait penser à les effacer », m'a-t-il dit, la voix lourde de fatigue.

*

Une fois là-haut et muni de jumelles, j'ai regardé le large où l'aube se levait sur une mer exceptionnellement calme pour un 22 décembre. À quelques brasses de notre caillou les courants fripaient l'océan comme si un colosse croisait sous la surface, nous assiégeant sans relâche. Quatre voiles voguaient au loin, poignards pâles tendus vers le ciel d'Atlantique Nord. Il faisait assez clair pour se passer de la lumière. Je me suis donc tourné vers le feu et j'ai abaissé la mèche dans sa cheminée pour l'éteindre.

J'ai ouvert le pot de rouge à polir pour nettoyer la lentille avec un chiffon propre. Des sillons créés par je ne sais quel tourbillon d'air et de sable mêlés. Légères, les marques dessinaient des symboles distincts les uns des autres, comme les gravures d'une langue éphémère.

Ensuite, j'ai tiré les lourds rideaux de lin pour masquer les vitres de la lanterne et me suis assuré qu'ils n'étaient pas tachés, l'une des innombrables corvées qui incombent aux gardiens, jour après jour. Car ici, tout doit être impeccable. Ce n'est pas que les visiteurs se précipitent pour découvrir notre coin d'enfer, mais une inspection de la Direction n'est jamais annoncée. Et la routine de la propreté et de l'entretien est le meilleur moyen de repousser les idées noires – de ne pas ruminer les trahisons de Sonia, celles aussi de ma propre faiblesse.

L'île où le phare est arrimé mesure à ses plus grandes dimensions neuf cent quatre-vingts pieds sur quatre cent dix. On y accoste par le nord-ouest par une crique découverte à marée basse. La pente est si abrupte que, même par temps calme, la houle s'y défait en vagues pesantes capables de renverser les barques. Le reste de l'île est un chaos de pierres noires, avec ses pièges, ses retraites, ses failles. Une grotte sous-marine percée d'une bouche à la surface râle et gronde et souffle comme un cauchemar.

Après les coups de vent, la roche disparaît sous le couvert luisant du kelp arraché aux fonds marins. Sombres pourtant, ces algues apportent à l'île leurs reflets de bronze et d'ambre dès que le soleil les frôle.

Si les oiseaux de mer sont partout, les goélands privilégient la pointe sud qu'ils blanchissent de leurs excréments. Il n'est pas de pire compagnie que ces bestioles : des voleurs, je les déteste. Ces opportunistes pénètrent par la moindre ouverture de l'habitation et s'attaquent à nos réserves de nourriture quand ce n'est pas à notre repas même ; je dois toujours regarder par-dessus mon épaule pour m'assurer qu'aucun de ces fâcheux ne s'apprête à chiper mon casse-croûte quand je mange dehors.

C'est à cause de l'un d'eux que notre vie allait prendre un tour sinistre.

À la mi-journée, le ciel était encore clément et l'hiver glissait sans bruit autour des quinze mètres de la tour. Même alanguie, l'eau ne se départissait pas de son autorité et restait une menace.

Je ne sais comment l'oiseau s'était introduit dans le local de la corne de brume. À cause de la machine à vapeur soufflant dans l'appareil, la pièce est particulièrement ordonnée et, hormis le charbon alimentant le four, rien d'inflammable n'y est entreposé.

Quand il m'a vu entrer, il n'a pas montré la moindre crainte. Perché sur une étagère, il avait déjà sali les lieux et s'attaquait à une partie du mur à coups de bec. Je l'ai chassé en agitant les bras ; il s'est envolé avant de revenir aussitôt à son point de départ.

Armé d'un tisonnier, je l'ai chassé, mais il s'est posé de nouveau. Rien d'autre ne l'intéressait que la cloison. Alors, j'ai ajusté ma frappe et, cette fois, je l'ai éventré. Son œil jaune et arrogant encore ouvert il a dégringolé de l'étagère. Voilà qui allait me donner un peu de travail supplémentaire.

Le goéland s'en était pris au mur au point d'en détacher l'enduit ; pire, il avait entamé la brique. Juché sur un escabeau je me suis approché du trou, large comme un pouce. Mon Dieu, l'odeur qui sortait de là était pestilentielle ! L'ammoniac dégagé par un poisson pourrissant. J'aurais pu reboucher l'orifice et rien de ce qui allait arriver par la suite n'aurait eu lieu. Mais je ne le savais pas et, à ce moment-là, je craignais que la pourriture, quelle qu'elle fût, ne détériore l'endroit en profondeur et ne compromette l'efficacité des opérations d'alarme.

Agrandi, le trou a révélé des coquillages semblables à des bigorneaux mais d'un vert glauque, purulent. L'un d'eux s'est décollé de son support, en entraînant d'autres dans sa chute. Un animalcule s'est tortillé dans les brisures de sa coquille, comme un organe nu, à l'agonie.

Alors, le cuir de la couverture a scintillé un bref instant. Car un livre était entreposé là, derrière les coquillages, recouvert d'une pellicule poisseuse. Avant de manipuler le fermoir, j'ai nettoyé l'ouvrage avec de la térébenthine et brûlé le chiffon à l'extérieur en même temps que le cadavre du goéland.

La couverture s'ornait d'un poisson souligné du symbole de l'infini, l'un et l'autre embossés. La dorure n'était qu'en partie intacte.

L'humidité avait gondolé et piqué les feuilles. Sur la première page on pouvait lire, tracé dans une ancienne typographie : *Manuel des Instructions spéciales.*

Mon cœur a fait un bond. Les « Instructions spéciales » étaient décrites en détail, avec force schémas. Du moins sur les deux premiers folios : les signes d'une langue qui m'était inconnue noircissaient les suivants enrichis de dessins incompréhensibles, éparpillant çà et là le texte autour de leurs traits.

Beaucoup de questions et trop peu de réponses. D'autant plus que les instructions que je découvrais n'avaient rien de commun avec celles de notre manuel.

Une Assistance opportune ; Tissage de l'Univers L.C. ; Description du Fond non continu et comment le rejoindre ; Communication avec les Géants, un lexique.

Je me suis demandé quelle serait la réaction de Howie.

*

L'après-midi commençait et j'avais trop de corvées – comme réparer les dégâts causés par le goéland sur le mur – pour me permettre d'y passer plus de temps. Il fallait ensuite compléter le journal de bord ; j'ai hésité à mentionner l'incident avec le goéland et la découverte du vieil ouvrage : je me suis résolu à attendre d'en connaître le contenu. Je déciderai avec Howie quoi écrire.

Consulter et feuilleter le livre a déclenché en lui un effroi propre à lui délier la langue ; jamais mon binôme n'avait devant moi prononcé autant de mots à la suite.

« Tu ne vois donc pas qu'il s'agit d'un livre maudit ?!

— Non, je vois surtout que je n'y comprends rien.

— Ces dessins…

— Des schémas.

— Arrête, Philipps. Arrête de me contredire sans cesse !

— Ce n'est pas mon intention, je t'assure.

— Alors, écoute-moi : je sens que ce manuel représente une foutue menace. Non, je le *sais* !

— On a tous des sentiments bizarres, après quelques semaines passées loin du continent.

— Tu crois que je suis assez naïf pour ne pas faire la différence entre l'isolement et ce… »

Il a pointé le livre du menton avant d'ajouter :

« Cette encyclopédie de monstruosités ! »

Je lui ai demandé ce qu'il y voyait et qui m'échappait.

Il a posé son index sur un schéma figurant une sorte de rectangle concave percé de trois fentes, comme des lettres.

« J'ai *déjà* vu ça.

— Mais où ?

— Non, laisse tomber. Tu ne comprendrais pas. »

C'était la première fois qu'il me prenait de haut avec une telle assurance et une telle colère. Sur le papier j'étais son supérieur, toutefois cela ne signifiait souvent pas grand-chose dans la routine du phare et sa réalité triviale.

« À l'université, c'est ça ? »

Il a secoué la tête comme si j'étais un enfant trop immature pour entendre la moindre explication. Il a ensuite dit :

« Il faut nous en débarrasser, Philipps. Le jeter à la mer ou le brûler.

— Non. Et d'ailleurs je ne comprends pas : un universitaire de ta trempe devrait souhaiter conserver ce genre d'ouvrage, pas le détruire.

— Tu n'as donc aucune idée des raisons pour lesquelles j'ai tourné le dos à mes études ?

— Eh bien… J'avais pensé à une peine de cœur. »

Il a éclaté d'un rire bref.

« Tu parles de toi, là, n'est-ce pas ? »

Jamais je n'avais évoqué Sonia auprès de Howie. Peut-être était-il plus fin observateur de l'âme humaine que je ne l'avais imaginé. Vexé, j'ai mis fin à l'échange :

« Tu ne touches pas à cet ouvrage. J'écrirai une note dans le journal de bord. »

Nous n'avons pas dîné ensemble ; à la même table, certes, mais retranchés chacun dans nos pensées respectives. Noël était dans trois jours et j'ai espéré que notre différend serait réglé d'ici là. Howie est ensuite monté à la lanterne où il devait demeurer jusqu'à l'aube.

Peu après minuit, je me suis levé pour uriner dans un seau. J'ai entendu un bruit de pas. Mon binôme aurait dû se trouver sur le palier juste sous la lanterne, remontant le mécanisme de rotation du feu toutes les deux heures, mais de toute évidence il n'était pas à son poste.

*

Je l'ai surpris dans la salle commune en train de lire le *Manuel des Instructions spéciales*. Quand il m'a vu, il a sursauté puis, l'ouvrage en main, il est sorti précipitamment. Le froid m'a coupé le souffle quand j'ai franchi le seuil à sa poursuite. Un univers hostile bruissait sous les étoiles de décembre, un froissement de ténèbres.

« Arrête-toi, Howard, je te l'ordonne ! »

La nuit n'était pas assez claire pour courir sans risque sur l'étroit chemin de ronde où saillaient des affleurements rocheux. Howie a soudain changé de direction, quittant le sentier pour descendre vers le rivage.

Il a crié une chose que je n'ai pas comprise et la nuit a avalé sa silhouette.

Parvenu à sa hauteur je l'ai trouvé allongé sur le flanc. Il gémissait tel un animal à l'agonie. J'ai d'abord pensé : *Pourvu que le manuel ne soit pas tombé à l'eau.* J'aurais dû avoir honte mais, sur le moment, je ne m'étais jamais senti d'un égoïsme aussi légitime et déterminé.

« Il… Il faut t'en… débarrasser… La mort. Pire…

— Calme-toi, Howie. Je vais te sortir de là.

— Tu ne comprends pas. Les signes…

— Quels signes ?

— Sur la lanterne. Mêmes signes que ceux du manuel. »

J'avais beau percevoir la véracité effrayante de sa proposition, je n'ai pu me résoudre à ce moment-là à lui donner raison.

« Tu délires, Howie. Reste tranquille. »

Et tranquille il l'est resté.

Quelques minutes plus tard, j'ai ramené son corps sans vie dans une brouette.

*

Il me fallait prévenir la Compagnie des phares. Ajouter une entrée dans le journal. Une excitation froide, sans objet, brûlait en moi et je tremblais en essayant d'allumer la fusée de détresse censée alerter le continent qu'un événement grave nécessitait leur venue sur l'île. À la dernière seconde, j'ai changé d'avis ; d'abord réfléchir, ensuite agir. Car la Compagnie m'accuserait peut-être de la mort de mon collègue. On me renverrait sans doute, on volerait ma découverte, alors que je n'en avais encore tiré aucun bénéfice.

Howard était dans l'abri à bateaux, en contrebas de la maison. J'avais failli le jeter à l'océan mais n'avais pas pu m'y résoudre. Pour une raison que j'ignorais, mon binôme avait perdu la tête. Son accès de folie, brusque, violent, l'avait tué. Tout ce délire autour du *Manuel*… De la superstition macabre, instillée par un trop long séjour entre les rayonnages de la bibliothèque de Miskatonic.

Un esprit faible, crédule et influençable n'est pas compatible avec le gardiennage de haute mer. Qui donc avait pu valider son embauche ?

J'étais seul à présent. La nuit serait longue, car j'allais devoir assurer la veille nocturne sans équipier. Je suis retourné dans la lanterne pour remonter le mécanisme de rotation du feu au rez-de-chaussée, puis me suis attelé à la lecture du *Manuel*.

Une Assistance opportune. Le chapitre en question était rédigé en bon anglais à la différence des folios suivants.

> *La solitude du Gardien ne doit pas obscurcir son esprit de décision ni sa détermination à prémunir toutes créatures vivantes et invivantes des périls océaniques. Correctement exécutées avec le sérieux propre à la mission du Gardien, les instructions ci-après Lui permettront d'obtenir un soutien spirituel et une aide matérielle. Il doit toutefois être rappelé que les outils dont Il a la connaissance et la maîtrise habituelles seront dès lors employés différemment.*

En trois dessins le manuel indiquait comment réaliser un masque muni de quelques fentes et comment le placer entre la lampe et la lentille.

La nuit a passé peuplée par ce projet, animée des allers-retours entre le mécanisme de rotation et l'austérité du palier sous la lampe. C'est un plancher au confort spartiate et où le gardien doit accomplir son quart puisque aucun meuble ne doit occuper la lanterne elle-même, pas même une chaise. Lutter contre le sommeil a sapé mes forces et quand l'aube s'est levée, je n'étais plus que l'ombre de moi-même.

Dans la lanterne, les mêmes sillons que la veille entaillaient la lentille. Ceux que j'avais effacés au rouge à polir. Sans doute m'y étais-je mal pris la première fois. Que m'avait donc dit Howie à leur sujet ? Maudit intellectuel !

La mèche éteinte et escamotée, j'ai recommencé à polir mais avec plus d'ardeur et, une fois les rideaux de la lanterne abaissés, suis allé me coucher.

Au large, des nuages roulaient leurs épaules d'ecchymoses, pesant sur le navire qui filait toutes voiles dehors vers les côtes du Massachusetts, un yawl, à en croire sa petite voile d'artimon.

Épuisé, je voulais juste dormir.

*

Fabriquer le masque ne m'a pas pris plus d'une heure et l'installer n'a été qu'un jeu d'enfant.

Entre-temps, il me restait nombre de tâches à accomplir, la journée étant déjà bien avancée quand je me suis réveillé.

Il me fallait monter le combustible jusque là-haut. L'odeur du kérosène m'écœurait toujours autant, quatre campagnes de garde après avoir allumé mon premier feu. Je prenais toujours soin de n'en point verser la moindre goutte sur moi pour éviter de porter ce malaise partout dans le phare, même si je savais que la plupart de mes collègues s'habituaient à cette compagne invisible et prégnante.

Je suis allé voir Howie. Mon binôme gisait contre le canot, une couverture sur lui. J'ai posé une bouteille d'eau fraîche à côté de sa tête. Qu'il rejoigne la maison me semblait une meilleure idée que rester dans cette pénombre humide et froide, seulement je n'ai pas osé le réveiller et je suis retourné au phare, à quelques foulées de là.

*

Les nuées avaient rassemblé leurs forces au couchant et désormais la violence d'une tempête exacerbait la nuit. Le vent était en passe de s'approprier l'univers pour de longs moments, prêt à piller, à détruire et à tuer. Les eaux étaient des ténèbres et l'écume une meute enragée ; elles engloutiraient jusqu'à l'espoir des marins les plus combatifs, les plus optimistes. Le mien aussi, si je n'y prenais garde.

La lumière, épanouie et amplifiée dans la lentille de Fresnel, jaillissait vers l'horizon qu'elle balayait lentement avant de revenir vers le littoral, à près de quatre milles de mon refuge. Impossible de percevoir dans ce flux la moindre modification due au masque, un carré de quelques pouces de côté percé de trois orifices évoquant vaguement des lettres, peut-être H, P et L.

Le palier de veille était si étroit que le sentiment d'oppression, amplifié par les rafales qui battaient et fouettaient et griffaient la pierre, me tourmentaient sans relâche.

À deux heures du matin, les embruns s'effondraient sur les vitres avec un bruit de gravier. Dès que mes paupières se fermaient un vacarme soudain me rappelait la démence qui déchirait l'air et les flots, et ma mission de gardien m'animait presque malgré moi. Mais notre feu pouvait-il seulement sauver qui que ce soit de ce massacre ? Je voulais le croire.

J'ai chanté et ma voix n'a rien couvert de la tempête : les mots grondaient dans ma cage thoracique et ce n'était que les basses des rafales ; des voyelles s'enfuyaient dans les sifflements des risées. Toute cette fureur recomposait, réinventait ma chanson sans répit pour la transformer en un requiem.

*

Le lendemain, l'océan était encore gros d'une colère que le vent avait quant à lui abandonnée. Les goélands étaient de retour, voltigeant au-dessus des brisants. Au-dessus de leurs ailes cendrées des montagnes roulaient et s'écartaient pour laisser passer un peu de soleil.

Dans les jumelles je n'ai vu aucun navire en perdition. Mais sur la crique un détail a attiré mon attention : la silhouette d'un noyé. J'ai frissonné et me suis dit : *En voilà un qui ne passera pas Noël avec les siens.* Détail inhabituel, aucun oiseau ne s'en prenait à ce cadavre où restaient accrochés des lambeaux de vêtements.

Nous autres gardiens détestons cette situation. On doit fouiller le corps afin de trouver quelque élément permettant de déterminer l'identité du malheureux. Si le visage n'est pas mutilé au point d'empêcher toute reconnaissance, il faut transporter le corps pour le stocker dans l'abri à bateaux, en espérant qu'une patrouille vous en délivrera avant qu'il ne se décompose et répande sur l'île l'infamie de sa pestilence. Que le vent de terre se lève, et l'odeur atteint notre maison, se faufilant sous les croisées, tel un poison gâchant nos journées.

Allais-je devoir l'allonger aux côtés de Howie ? Mon collègue m'en voudrait sûrement. Mais il n'avait qu'à revenir à la maison plutôt que de bouder ! Aucun cadenas ne le retenait à l'intérieur de l'abri.

Je me suis approché. Mes pas crissaient sur la grève épaisse. Une chevelure de boucles aussi noires qu'un bouquet de fucus s'étalait sur le sable gris. C'était une femme. Et elle était en vie.

*

Les premières minutes elle n'a pas dit un mot. Une fois séchée, les cheveux retenus par un lacet et habillée de vêtements trop grands pour elle, elle avait bien meilleure allure, malgré sa pâleur de linceul. Elle dévorait le repas que je lui avais rapidement préparé. Ses grands yeux noirs me regardaient avec la curiosité un peu craintive d'un enfant, même quand elle piochait dans son assiette. D'ailleurs, ses traits arboraient une allure juvénile, si bien que j'aurais été en peine de lui prêter un âge définitif.

Hormis les signes d'une grande fatigue, elle ne portait aucune blessure apparente. Sa présence m'électrisait : les poils de mes bras et de ma nuque étaient hérissés comme en présence d'un danger sur lequel je n'aurais pu mettre un nom. Une forte odeur iodée nous enveloppait : je ne savais si elle provenait de l'océan ou de la jeune femme.

Je lui ai demandé comment s'appelait le navire dont elle était tombée.

Une sorte de grognement a monté de sa gorge, moins humain que bestial. Ses lèvres épaisses et craquelées se sont ouvertes puis refermées presque aussitôt. Elle a secoué la tête. Tant de nationalités croisent au large du Massachusetts qu'elle aurait pu aussi bien être d'Europe que des Amériques.

« Vous ne comprenez pas ma langue?

— Si. Si, je la comprends. Simplement, je... Tu ne me croirais pas. »

Sa voix était voilée, un accent étranger déformait les mots.

« Essayez tout de même. »

Elle a levé la tête et contemplé le plafond où se croisaient les poutres et son regard s'est de nouveau posé sur moi.

« Je ne viens d'aucun naufrage.

— C'est impossible.

— Tu vois ? Je t'avais prévenu. »

Elle s'est levée et m'a entraîné au-dehors. De la main elle a désigné un point invisible au nord-est.

« Je ne connais aucune île par là-bas. Hormis le Groenland.

— Parce que tu ne connais pas tout. Il existe des mondes sous la surface. Certains ont disparu, d'autres ne demandent qu'à renaître. »

Son ton avait le piquant étouffé d'une nostalgie ; elle a ajouté :

« Mais peu importe. Tu m'as appelée et je suis venue. Nous avons beaucoup de travail devant nous. »

En effet, se déployant vers l'île, une brume diluait le ciel dans l'océan.

*

La femme connaissait la langue du *Manuel*. Son doigt suivait les lignes et sa voix les prononçait avec une étrange suavité. Les silhouettes de Howie et de la femme se mouvaient à la lisière de ma conscience pour s'effacer aussitôt. Qui était mort, qui était en vie ?

Dehors la brume recouvrait les premières pierres de notre refuge océanique ; elle était aussi épaisse qu'une gelée. Je ne voulais pas savoir ce qu'elle recelait et en même temps je le souhaitais ardemment.

Comme si elle avait senti mon indécision, la femme a interrompu sa lecture et, se tournant vers moi, a pris mon visage entre ses mains. Je la dépassais d'une demi-tête ; elle s'est hissée sur la pointe des pieds et m'a dit : « Tu ne dois pas avoir peur. » Elle a ensuite posé ses lèvres contre les miennes et nous avons échangé un bref baiser, puis un autre. Quelque chose s'est brisé en moi, une détermination sans doute. Elle s'est retournée vers le *Manuel*.

Au fur et à mesure de sa lecture, mes doutes se sont en effet amoindris. Tout l'improbable de la situation disparaissait comme dissipé par une ivresse aveuglante.

De toute mon ardeur j'ai alimenté la chaudière en charbon. Très vite le froid a quitté mon corps et j'épongeais ma sueur couleur de suie pour ne pas perdre ma prise sur le manche de la pelle. La corne de brume allait résonner toute la journée et la nuit. C'était un travail de forçat et la femme et moi nous relaierions à ce poste jusqu'à la fin du phénomène. Elle ne manquait pas d'énergie malgré son apparente chétivité. Elle m'a expliqué le code à employer, différent de celui en vigueur pour avertir les navires du danger.

« Crois-moi, il sera plus efficace », m'a-t-elle dit en désignant une page à laquelle je ne comprenais rien. Le grondement sourd de l'instrument filait vers le nuage où il s'épuisait sans que je sache avec certitude s'il était utile à qui que ce soit.

Le 25 décembre, juste après minuit, Howie est entré dans le local de la corne.

J'ai sursauté, un frisson m'a parcouru comme si je m'éveillais brutalement d'un rêve à la moiteur noir et blanc.

« Qu'est-ce que tu fais, Philipps ? Ce n'est pas le code qu'on est censé utiliser. »

Maculée de sang séché, sa tête penchait sur le côté et il ne fallait pas être médecin pour comprendre qu'il n'était plus tout à fait lui-même.

« Laisse-moi, Howard ! Je n'ai pas besoin de toi !

— Tu as suivi le *Manuel spécial*, c'est ça ? Tu l'as lu et tu le mets en pratique. »

Une fois de plus, il avait le ton d'un pasteur déçu par son paroissien. Claudiquant, il s'est avancé vers moi ; le sang n'était pas si sec que je le croyais, il s'échappait d'une plaie noire à sa tempe et des larmes vermillon coulaient sur ses joues pâles et poissaient sa barbe.

« J'aurais dû te jeter à l'océan », me suis-je entendu dire.

Il était trop près de moi, empestant l'iode et les algues.

« Tu n'as donc aucune idée de ce que tu es en train de déclencher ?

— Je sauve des marins et leurs cargaisons, Howie. Je sauve des vies, je ne fais que ça. »

Il a secoué la tête et des gouttes de sang m'ont éclaboussé. J'ai tendu les bras pour l'étrangler. Ma vue s'est troublée un bref instant et la voix de la femme m'est parvenue : « Arrête ça, Howard, *reviens* ! »

Sa silhouette a remplacé celle de mon binôme. Elle agrippait mes poignets avec force. J'ai relâché ma prise et elle m'a aussitôt embrassé, cette fois avec plus d'intensité. Rompant enfin notre étreinte j'ai vu la suie sur ses joues et j'ai ri.

« J'ai cru que… enfin que mon collègue était…

— Mais non. Tu l'as toi-même dit, il a décidé de rester à l'écart. Il ne voulait pas se servir du *Manuel*. Il ne bougera plus de sa planque.

— Pourtant, c'était si… si convaincant…

— Tu es fatigué, voilà tout, a-t-elle dit pour mettre un terme à l'incident. Il faut nous remettre au travail.

— Attends une seconde : mon nom est Philipps. Pourquoi m'as-tu appelé Howard ?

Elle souriait.

« Mais parce que tu n'es *pas* Philipps ! Tu n'es pas le gardien responsable. Regarde la vérité en face : ton supérieur est mort.

— Non. Non, c'est impossible. »

Je secouais la tête, refusant l'impensable.

« Tu es Howie. »

Un vertige a sapé mon équilibre, je me suis appuyé contre un pilier, renversant l'outil accroché là. Le bruit de la ferraille heurtant le sol m'a pénétré comme un poinçon.

Le vagissement intermittent de la corne a repris ; l'alarme salutaire était devenue le chant lugubre d'un monstre appelant les siens, lancé depuis notre île sous le contrôle de la femme – elle n'avait jamais quitté cette salle.

J'ai essayé de mettre de l'ordre dans mes pensées. Philipps. Un ignare aveuglé par la nécessité de remplir sa mission sans voir plus loin que le phare, l'île et les navires croisant au large ? Soudain, cette version de la réalité avait ma préférence et j'ai tenté de m'y accrocher sans plus de preuves.

*

À l'aube, après un trop bref sommeil, le brouillard avait reculé. Des pans entiers glissaient, tels des panneaux d'une soie pâle, et créaient un labyrinthe incertain, provisoire, que des risées contestaient vainement.

Les premières formes sont apparues en début d'après-midi. Tournée vers l'océan, la femme se pressait contre moi comme une maîtresse à laquelle j'aurais offert le plus merveilleux des présents.

Une armée de naufragés émergeait, qui n'était pas de ce monde. D'abord des membres menus s'agrippant aux rochers et aux îlots saillant alentour en un bruit de succion et de frottements, puis les corps de géants, masses fabriquées de pur effroi.

Je serrais le *Manuel* contre ma poitrine, comme s'il avait pu me protéger de ces organismes à l'instar d'une amulette.

« Oh, ouvre-le donc, Howie ! Un lexique se trouve à la fin. Il te faut apprendre les rudiments de notre langue si tu veux éviter les malentendus, tu ne crois pas ? »

Son petit rire me causait un effroi supplémentaire.

Je me suis demandé si les habitants du continent auraient la même chance que moi.

Car il ne faisait aucun doute que, par ma faute, les monstres étaient en train de débarquer un peu partout sur nos côtes.

Derrière la porte 29

par Sébastien Drouin

Thomas fixait son assiette avec une mine déconfite. Comme tout enfant de douze ans, la perspective de passer le réveillon de Noël avec une partie de sa famille aurait dû le rendre heureux, mais cette période de l'année provoquait bien au contraire chez le jeune Thomas une certaine appréhension. Et il y avait deux bonnes raisons à cela.

La première, qui pourrait prêter à sourire, c'est que sa mère cuisinait chaque année des ris de veau. Depuis que son cousin Julien lui avait expliqué que c'était une sorte de glande située dans le torse de l'animal – il avait fait semblant de vomir en lui racontant –, leur simple vue provoquait chez Thomas des haut-le-cœur irrépressibles. Tout en regardant les deux morceaux d'abats qui le narguaient dans son assiette, il se demanda qui d'assez sadique avait eu un jour l'idée tordue de manger des glandes à Noël…

Mais la vraie raison de son aversion pour le réveillon était liée à un événement survenu deux ans plus tôt jour pour jour et dont il n'avait jamais parlé à personne. Seul son cousin Julien était au courant et pour cause : il était avec lui au moment des faits.

*

Ce jour-là, Julien et ses parents étaient arrivés comme à l'accoutumée plusieurs heures avant le début du repas du réveillon ou plutôt « l'ouverture des hostilités », comme disait l'oncle Adrien qui croyait sa blague irrésistible, alors qu'il faisait la même chaque année. Tandis que les adultes étaient occupés à cuisiner et à mettre la table tout en parlant politique, Thomas et Julien furent autorisés à descendre jouer au ballon dans la cour de l'immeuble. C'était d'ordinaire interdit – les habitants les plus intolérants ne manquaient jamais de se plaindre – mais, en cette période de fêtes, l'immeuble s'était en grande partie vidé de ses occupants. Personne, pas même la concierge ni M. Menard, leur vieux voisin du quatrième étage qui avait un trou dans la gorge – ce qui impressionnait énormément Thomas –, ne vint les réprimander. Les deux cousins s'amusèrent une bonne heure dehors avant de réaliser qu'ils ne sentaient plus leurs doigts ni leur nez et qu'ils seraient certainement mieux à jouer à la console bien au chaud.

En traversant le hall pour retourner à l'ascenseur, Julien remarqua pour la première fois la petite porte entrouverte à côté de l'escalier.

— Ça va où ?

— Dans les caves, répondit Thomas. C'est bizarre, c'est toujours fermé à clé. Il paraît qu'il y a un passage vers les catacombes dans une des caves ! C'est le fils de la concierge qui me l'a dit, expliqua Thomas pour frimer devant son cousin.

— Trop stylé !

Poussé par la curiosité, Julien ouvrit la porte. Elle donnait sur un escalier en colimaçon qui s'enfonçait dans l'obscurité.

— On a pas le droit ! Viens, on va jouer à FIFA, proposa Thomas qui craignait que ses parents n'apprennent leur petite incartade.

Mais excité par la perspective de trouver un accès secret menant aux catacombes, Julien ne l'écoutait pas. Il appuya sur l'interrupteur relié à la minuterie et une lumière blafarde inonda les marches. L'escalier donnait plus bas sur une seconde porte qui s'ouvrit sans problème. Thomas s'en voulut aussitôt d'avoir parlé des catacombes à son cousin.

Devant eux s'étendait une longue enfilade de portes faites de planches de bois verticales. Elles étaient toutes fermées par des cadenas et un numéro noir avait été peint au pochoir sur chacune d'entre elles. L'endroit faisait tout de suite penser au couloir d'une prison sordide. Tout en avançant, Thomas fit un rapide calcul. L'immeuble comportait sept étages. Chaque palier desservait trois appartements. Et il y avait quatre cages d'escaliers, ce qui faisait un total de quatre-vingt-quatre appartements et donc autant de caves.

— C'est dans laquelle ? demanda Julien.

— Je sais pas. C'est peut-être juste un gros mytho !

Les deux garçons avancèrent dans le couloir. De part et d'autre, les portes en bois se succédaient. Les planches des portes étaient un peu disjointes, si bien qu'ils pouvaient voir à travers, même si l'intérieur restait plongé dans une obscurité inquiétante.

Les deux garçons sursautèrent à l'unisson lorsqu'un énorme rat traversa le couloir deux mètres devant eux. La bestiole se retourna vers eux un court instant, les fixa de ses petits yeux noirs, avant de déguerpir et de se glisser entre deux lattes d'une porte.

Julien explosa de rire.

— La tête que t'as fait !

— C'est toi qui as eu peur. J'ai crié parce que t'as crié !

— N'importe quoi !

— T'en avais déjà vu un aussi gros ? demanda Thomas.

— Non. Il était énorme ! Il vient peut-être des catacombes.

Julien colla son visage entre deux planches pour regarder dans la cave d'où était sorti le rongeur. Pas très rassuré, Thomas se força tout de même à l'imiter. La lumière du couloir filtrait à travers les planches, mais ils ne pouvaient voir que la partie la plus proche du capharnaüm qui se trouvait derrière. La plus grande partie de la cave était envahie par les ténèbres. Alors que ses yeux tentaient de distinguer quelque chose, Thomas eut soudain une pensée terrifiante : s'ils ne pouvaient presque rien voir à l'intérieur faute de lumière, une personne se trouvant de l'autre côté de la porte pourrait parfaitement les observer sans être vue… Peut-être même qu'en ce moment, quelqu'un – *ou quelque chose*, pensa Thomas – les observait sans un bruit, à quelques centimètres d'eux seulement. Thomas fit inconsciemment un pas en arrière. Il avait toujours eu beaucoup trop d'imagination, ses carnets de correspondance en attestaient.

Un bruit le fit sursauter.

— Quoi ? demanda Julien en voyant le visage livide de son cousin.

Thomas lui fit signe de se taire pour pouvoir écouter. Ce fut le silence pendant quelques secondes. Puis le bruit repris, un son qui ressemblait à une sorte de frottement…

Ou à quelque chose qui rampe sur le sol, pensa Thomas.

— C'est peut-être un rat, murmura Julien.

Mais il ne semblait pas vraiment convaincu par sa propre explication. Thomas jeta un regard vers son cousin, l'air de dire « toi et moi, on sait très bien que c'était beaucoup trop gros pour être un rat… ».

Thomas montra le fond du couloir.

— Ça venait de là-bas.

À une dizaine de mètres devant eux, le couloir faisait un coude vers la droite. Il desservait encore une douzaine de caves avant d'arriver à une sorte de carrefour en forme de croix où trois autres couloirs provenant des autres cages d'escaliers le rejoignaient. Peu importe la direction dans laquelle les deux garçons regardaient, ils ne voyaient que des portes de caves alignées. Thomas se dit qu'ils n'avaient vraiment rien à faire là.

— Je crois qu'on devrait…

Julien l'interrompit en lui donnant un coup de coude. Son doigt pointait l'une des caves à quelques mètres devant eux. Elle portait le numéro 29. Le cadenas était déverrouillé avec la clé encore dedans. La porte était légèrement entrouverte.

Et quelque chose bougeait à l'intérieur…

C'est-un-rat-c'est-un-rat-c'est-juste-un-rat, se dit Thomas pour se rassurer.

Sauf que c'est pas un rat, tu le sais très bien.

D'ordinaire plutôt téméraire, Julien était figé sur place, à deux doigts de s'enfuir. Thomas pouvait entendre les propres battements de son cœur et ses jambes semblaient soudainement faites de coton. Il prit tout à coup conscience de l'odeur déplaisante des lieux. Un mélange de poussière, d'humidité et…

De pourriture…

Thomas et Julien sentirent le sang quitter leur corps en voyant la porte de la cave s'entrouvrir lentement dans un long grincement sinistre, révélant peu à peu les ténèbres qui s'étendaient derrière. Tous les sens de Thomas lui disaient de s'enfuir, de mettre autant de distance que possible entre lui et cet endroit où il n'aurait jamais dû mettre les pieds. Mais ses jambes refusaient de bouger. Son corps ne lui appartenait plus. Hypnotisé, il ne pouvait plus détacher son regard des ténèbres qui s'ouvraient devant lui, comme si elles l'invitaient à entrer pour y disparaître à jamais.

C'est-juste-un-rat-c'est-juste-un-rat-c'est-juste-un-rat… se répéta Thomas dans une sorte de mantra protecteur un peu ridicule. Après tout, qu'est-ce que ça pouvait être d'autre ? Ses lèvres articulaient les mots, mais aucun son n'en sortait.

Un frisson glacé remonta le long de sa colonne vertébrale lorsqu'il vit la main décharnée au teint cireux qui sortait de l'obscurité au bas de la porte. Ses longs doigts déformés par l'arthrite et aux ongles jaunis tâtonnaient sur le sol pour tenter d'avancer. Elle se redressa en tremblant en direction de Julien et Thomas.

Les deux gamins voulurent hurler, mais leurs cris ne franchirent jamais leur gorge, tant la peur les paralysait.

Puis il y eut un long râle qui sortit de l'obscurité de la cave, mélange de plainte et de gargouillis inhumain, qui leur fit dresser les cheveux sur la tête.

Ils détalèrent, telles deux fusées. Jamais ils n'avaient couru aussi vite de toute leur vie. Ils ne se retournèrent qu'une fois dans le hall, loin de tout danger. Ils n'échangèrent pas un mot dans l'ascenseur, comme si le simple fait d'en parler pouvait les replonger dans ce cauchemar.

Les deux cousins se promirent de ne parler à personne de ce qu'ils avaient vu. Non seulement ils se feraient à coup sûr sermonner pour être allés dans les caves, mais ils ne voulaient pas non plus passer pour des menteurs. Qu'auraient-ils pu raconter de toute façon ? Les jours qui suivirent, Thomas eut beaucoup de mal à retrouver le sommeil.

Les vacances de Noël prirent fin et Thomas retourna l'école. Peu à peu les détails de leur mésaventure s'estompaient dans sa mémoire, au point qu'il commençait à se persuader que ce qu'ils avaient vu ce jour-là n'était qu'un sale tour joué par leur imagination. Il s'efforçait d'oublier progressivement ce qu'il avait vu, mais les images rejaillissaient chaque fois qu'il partait à l'école ou qu'il en revenait. Autrement dit chaque fois qu'il passait devant la porte du hall qui menait aux caves.

Dix jours après le réveillon, alors que l'immeuble s'était de nouveau rempli de ses habitants, Thomas remarqua par la fenêtre de sa chambre qu'un grand véhicule était garé devant le bâtiment. Des habitants et quelques badauds s'étaient regroupés pour regarder. Deux hommes portaient une civière sur laquelle reposait un corps enfermé dans un sac noir. Thomas n'avait jamais assisté à une scène pareille, mais il sut instinctivement que quelqu'un était mort dans l'immeuble. Ce n'est que le lendemain qu'il apprit son identité.

En revenant de l'école, Thomas surprit la concierge qui discutait avec la locataire du palier d'en dessous. En le voyant, les deux femmes s'arrêtèrent de parler pour le laisser passer. La conversation reprit, à voix basse cette fois-ci, dès que le gamin fut hors de vue. Thomas fit semblant de rentrer chez lui mais referma la porte tout en restant sur le palier pour entendre la suite de la conversation. Il avait bien compris que les deux femmes parlaient du mort de la veille. La concierge expliquait que M. Menard, le vieux locataire du quatrième, avait été retrouvé mort dans sa cave. L'un des habitants l'avait découvert en allant chercher des conserves. C'est l'odeur qui l'avait alerté. Selon le médecin légiste, M. Menard avait apparemment fait une terrible chute le jour de Noël en se hissant sur un escabeau. Il s'était cassé la hanche et la clavicule, ce qui l'avait empêché de se relever et même de ramper jusqu'au hall. Ce jour-là, l'immeuble était quasiment vide. Malheureusement pour lui, M. Menard était veuf et sans enfants. Sa disparition passa inaperçue pendant près de dix jours. Comble de malchance, il avait subi quelques mois plus tôt une ablation du larynx suite à un cancer, ce qui l'empêchait presque totalement de parler. Il pouvait tout juste émettre un son guttural. Le pauvre homme avait probablement dû agoniser pendant des jours dans le noir, avant de finalement mourir de déshydratation.

Thomas comprit avec horreur que cette main décharnée qu'ils avaient vue deux semaines plus tôt appartenait à M. Menard. Il avait dû entendre Thomas et Julien et avait tenté de les appeler à l'aide, sans pouvoir proférer autre chose qu'un horrible gargouillis. Mais au lieu de lui porter secours, les deux gamins avaient fui et l'avaient abandonné dans le noir, le condamnant à une mort terrible.

Un dernier détail sordide fit frémir Thomas : la concierge, qu'il pouvait presque imaginer se délectant de ces détails croustillants, avait précisé que, lorsqu'on avait retrouvé M. Ménard dix jours plus tard, les rats avaient commencé à lui manger les yeux, le nez et les lèvres…

*

Les rires très sonores de l'oncle Adrien extirpèrent Thomas de ses songes. Autour de lui, les invités mangeaient dans la bonne humeur. Thomas n'aimait pas repenser à toute cette histoire. Deux ans s'étaient écoulés et il se sentait encore responsable de la mort de M. Menard. Devoir garder ce secret lui pesait et, comme chaque année depuis, le réveillon de Noël ne faisait que remuer des sentiments qu'il aurait préféré enfouir à jamais. Chaque fois qu'il y repensait, il se demandait ce qu'avait bien pu penser son pauvre voisin lorsqu'ils avaient détalé. S'était-il dit : « Non, ne me laissez pas mourir dans le noir ! » ? Était-il resté longtemps conscient après leur départ ? Était-il encore en vie lorsque les rats avaient mangé son visage ? Autant de questions qui resteraient à jamais sans réponses.

Les lèvres pincées, Thomas fit glisser longuement un petit morceau de ris de veau dans la sauce pour bien l'imbiber. Et surtout pour gagner du temps. Comme si cela allait changer quelque chose. Il avait bien réfléchi et se trouvait face à un dilemme : il pouvait tout découper en plein de petits bouts plus faciles à avaler, mais le supplice durerait beaucoup plus longtemps ; ou alors il pouvait tout avaler en deux fois. Deux grosses bouchées bien spongieuses et il pourrait passer au dessert. Mais Thomas le savait, les gros morceaux de ris de veau risquaient de ne pas rester longtemps dans sa bouche et de finir sur la table, au milieu d'une flaque de vomi du plus bel effet. Joyeux Noël tout le monde ! À cette pensée, il s'imagina la tête des invités, ce qui le fit sourire.

En tournant la tête, Thomas tomba sur le regard de son père qui le fixait avec sévérité. Il savait bien ce que ce regard signifiait. Il y avait droit chaque Noël.

N'espère pas y échapper. Tu mangeras tout, jusqu'au dernier morceau !

Thomas balada encore un instant son morceau d'abat d'un côté et de l'autre de l'assiette en le poussant avec sa fourchette. Il décida qu'il était encore trop gros et le coupa en deux. Il en était bien conscient, il ne faisait que repousser l'inéluctable. À moins d'un incendie, d'une crise cardiaque fulgurante de tonton Adrien ou d'une attaque d'extraterrestres, ce « truc dégueu » finirait tôt ou tard dans son estomac. Même Enki, le chien de la famille, était trop loin de lui pour pouvoir le tirer d'affaire. Et son père surveillait de toute façon ses moindres faits et gestes.

Thomas prit finalement une longue inspiration et glissa le petit morceau dans sa bouche. Il ne prit pas la peine de le mâcher et l'avala tout rond.

Ne t'avise pas de vomir. Ne me fais pas honte, semblait dire son père.

Thomas but aussitôt une grande gorgée d'eau pour faire passer le tout.

Voilà.

Il n'avait presque rien senti. Morceau suivant.

Son père lâcha un grand soupir avant de retrouver un sourire de circonstance pour servir du vin aux invités.

— C'est un nuits-saint-georges de 2020. Excellente année. Parfait avec des ris de veau, précisa son père pour la troisième fois en remplissant le verre de sa belle-sœur.

Thomas n'était pas dupe. Son père voulait juste montrer qu'il n'avait pas lésiné sur la qualité et qu'il savait recevoir.

Thomas considérait que son père était trop sévère. Il avait des principes avec lesquels il était fortement déconseillé de transiger : on ne sort pas de table tant que le repas n'est pas terminé. On n'interrompt pas les adultes. On leur répond encore moins. On goûte à tout pour se faire une opinion. Ce genre de choses. Mais l'opinion de Thomas sur les ris de veau était déjà faite. Y regoûter chaque année n'y changerait rien.

Il enfourna une deuxième bouchée, aussitôt suivie d'une grande gorgée d'eau. Tout en avalant, il regarda sa petite cousine assise au bout de la table. De quatre ans plus jeune que lui, elle bénéficiait d'un traitement de faveur : on lui avait servi des frites ! Thomas aurait donné cher pour des frites… et pour pouvoir quitter la table. Son père finit la bouteille de vin dans le verre de l'oncle Adrien qui, selon son paternel, avait « une bonne descente ». Une manière polie de dire qu'il était alcoolique.

La mère de Thomas commença à se lever pour aller chercher une autre bouteille.

— Thomas va y aller. Tu n'as pas arrêté de la journée, proposa son père en tapotant la main de sa femme dans un geste paternaliste.

Thomas va y aller…

Il savait parfaitement ce que cela signifiait. Il releva la tête en espérant avoir mal entendu.

— Thomas, va nous chercher une bouteille à la cave. Tu veux bien ?

Ce n'était pas une question.

— Du nuits-saint-georges. De 2020, précisa son père.

Thomas acquiesça machinalement. Lorsque, quelques secondes plus tôt, il souhaitait quitter la table, il n'espérait pas vraiment aller faire un tour à la cave. C'était même le dernier endroit sur Terre où il avait envie d'aller.

— Tu sais où il se trouve ? demanda son père.

Oui, juste à côté de là où j'ai vu M. Menard en train de mourir, pensa Thomas, mais il fit non de la tête en guise de réponse.

— Dans le casier à bouteilles sur la droite. Sur la rangée supérieure. C'est marqué dessus, expliqua son père en lui montrant l'étiquette de la bouteille vide. Tu sais où sont les clés ?

Thomas savait parfaitement où elles étaient. Il y était déjà descendu plusieurs fois avec ses parents avant sa « petite mésaventure ». Mais c'était la première fois – officiellement – qu'il y allait sans eux. Et la dernière fois ne s'était pas vraiment bien passée.

Thomas jeta un regard à son cousin Julien, dans l'espoir d'y trouver un peu de solidarité ou qu'il se propose de l'accompagner. Mais au lieu de cela, son cousin se contenta de baisser les yeux et de faire comme s'il n'avait rien entendu.

Sale trouillard, pensa Thomas, alors qu'il était lui-même terrifié.

Il regarda ses oncles et tantes qui continuaient de manger comme si de rien était. Il avait envie de leur hurler qu'il ne voulait pas y retourner, que la dernière fois il y avait vu le voisin en train de mourir. Mais le regard de son père l'en dissuada.

Ne me fais pas honte.

Thomas ouvrit le tiroir, prit le trousseau de clés du sous-sol (celui dont le porte-clés portait le chiffre 46). Juste avant qu'il ne sorte de l'appartement, son père l'interpella :

— Thomas, ne fais pas tomber la bouteille.

Thomas acquiesça et referma la porte derrière lui.

L'ascenseur mit ce qui lui sembla une éternité pour descendre jusqu'au rez-de-chaussée. Thomas eut tout le temps de réfléchir à la situation et de se raisonner.

Il n'y a rien là-dessous. M. Menard est mort depuis deux ans ! C'est juste des caves. C'est tout. Juste des caves avec des rats, comme toutes les caves.

L'ascenseur arriva finalement au rez-de-chaussée. Il sortit le trousseau pour ouvrir la porte qui menait au sous-sol. Pendant une fraction de seconde, Thomas fut persuadé qu'elle serait ouverte, comme deux ans plus tôt.

Parce que M. Menard est déjà en bas, il t'attend, et il est furieux que tu l'aies abandonné dans le noir...

Mais la porte était bel et bien fermée. Il lui fallut plusieurs essais pour trouver la bonne clé et pour ouvrir.

Il appuya sur l'interrupteur relié à la minuterie et descendit les marches du petit escalier en colimaçon qui s'arrêtait devant la deuxième porte. Elle était également fermée à clé. Il inséra la même clé dans la serrure. Avant de l'ouvrir, il inspira profondément. Au-delà de cette porte, il se retrouverait seul, dans l'endroit qui le terrifiait le plus.

Tu ne seras peut-être pas seul...

Thomas chassa cette pensée.

Ce sont juste des caves.

Il tourna la clé et poussa la porte.

Le couloir lui parut d'abord moins long que dans ses souvenirs. Certainement parce qu'il avait grandi et que sa mémoire avait largement exagéré la réalité. Selon le porte-clés, la cave de ses parents était au numéro 46. Celle de M. Menard avait le numéro 29, si ses souvenirs étaient bons. Cela signifiait une chose : il devrait passer devant pour atteindre celle de ses parents…

L'odeur des lieux était conforme à ses souvenirs. Un mélange de poussière, d'humidité et…

De mort.

De moisissure, rectifia mentalement Thomas. Juste de la moisissure, comme toutes les caves !

Il se dit qu'il ferait mieux de hâter le pas, avant que la lumière ne s'éteigne. Il ne savait même pas combien de temps la minuterie durait. La fois précédente, il avait repéré un autre interrupteur après le coude que faisait le couloir. Il se dit qu'il y relancerait la minuterie par sécurité. La dernière chose au monde dont il avait envie était de se retrouver dans le noir.

Les sens en alerte, il accéléra. Il décida de regarder droit devant lui, même s'il ne pouvait pas s'empêcher de scruter les interstices des portes devant lesquelles il passait du coin de l'œil. Il eut soudain la désagréable impression d'être observé à travers les planches, depuis l'obscurité insondable d'une cave.

Arrête ! Personne ne t'observe, à part des araignées et des rats ! M. Menard est mort ! Mort et enterré depuis deux ans !

À nouveau, il pouvait entendre les battements de son cœur qui s'emballait. Passé le coude que faisait le couloir quelques mètres plus loin, il passerait devant la cave de M. Menard.

Et la porte sera ouverte, tu le sais. Et il sera là à t'attendre...

Il pressa le pas et dépassa la cave de M. Menard. Elle était bien là. Mais la porte était fermée.

Tu vois ! T'es qu'un débile !

Il passa devant sans même la regarder, de peur d'y voir quelque chose. Comme si le simple fait de ne pas regarder pouvait faire disparaître les choses qui s'y trouvaient. Thomas atteignit enfin l'interrupteur relais. Mais un Post-il était collé dessus. Quelqu'un y avait écrit : *En panne.*

L'esprit en surchauffe, Thomas réfléchit à toute vitesse. Combien de temps avait-il devant lui avant que la minuterie ne s'arrête ? Il réalisa qu'il n'avait pas pris de lampe de poche.

Bravo. C'est vraiment malin !

OK, ils ont sûrement prévu une minuterie qui dure plusieurs minutes. Il faut laisser aux gens le temps de prendre ou déposer leurs affaires, pensa Thomas. Mais dans le doute, il valait mieux faire le plus vite possible.

Il reprit sa marche et ne s'arrêta qu'une fois au bout du couloir, devant la cave de ses parents. Il sortit à nouveau son trousseau mais le laissa tomber tant ses mains tremblaient. Alors qu'il le ramassait, un bruit le fit se retourner.

La cave de M. Menard était toujours fermée.

Pourquoi serait-elle ouverte ? Il est mort !

Il ouvrit enfin la cave de ses parents. De manière surprenante, elle était particulièrement bien rangée. Il s'y sentit presque en sécurité. Il referma la porte, comme si cela mettait une barrière entre lui et la cave de M. Menard…

Il repéra aussitôt le casier à bouteilles où se trouvaient les bouteilles de nuits-saint-georges 2020. Il en prit une et se dirigea vers la porte avant de se raviser et d'en prendre une deuxième au cas où. Pas question de revenir ici…

Un coup d'œil à travers les planches de la porte lui confirma que le couloir était vide et la cave de M. Menard toujours fermée.

Quelle surprise ! Tu t'attendais à quoi ?

Thomas inspira profondément pour se donner du courage et sortit de la cave.

Il dut poser délicatement les deux bouteilles au sol pour prendre le trousseau de clés dans ses poches. Mais les clés n'étaient plus là !

Non !!

En panique, il retourna les poches de son jean, puis celles de son sweat-shirt. Sans résultat. Comment avait-il pu perdre le trousseau alors qu'il venait juste de l'utiliser pour ouvrir le…

Le cadenas ! Les clés étaient restées dedans…

Mais quel teubé ! pensa Thomas à deux doigts du fou rire nerveux.

Il referma le cadenas et récupéra les deux bouteilles posées sur le sol. Mais ses jambes faillirent se dérober lorsqu'il se releva.

Ce fut d'abord son ombre sur la porte qu'il remarqua.

Puis il sentit son odeur, presque insoutenable. Une odeur d'humidité, de poussière et de moisissure.

De mort.

Et il comprit.

Il était là, juste derrière lui.

Il n'y a personne !

Il est là, tu le sais !

Lorsqu'il se retournerait, M. Menard se tiendrait debout devant lui, une grande partie du visage manquante, un trou béant à la place du nez. Ses orbites vides le fixeraient par-delà la mort. Ses lèvres dévorées laisseraient apparaître ses dents déchaussées et jaunies par le tabac, dans un simulacre macabre de sourire. Il pointerait alors un doigt décomposé et accusateur vers Thomas et de sa gorge trouée sortirait un râle presque incompréhensible lui demandant : pourquoi ?

Pourquoi l'avoir abandonné dans le noir ?

Ce n'est pas ma faute !

Pourquoi l'avoir laissé se faire manger par les rats ?

Je ne voulais pas ! Je suis désolé...

Thomas s'entendit parler à voix haute. Il sanglotait.

Il n'y a personne ! C'est ton imagination.

Il est là, juste derrière, tu le sais.

Ses pensées s'entrechoquaient, ballottées entre sa raison et ses peurs. Il ne se rendit pas compte qu'un liquide chaud coulait le long de ses cuisses jusqu'à ses pieds.

Les deux bouteilles lui échappèrent des mains et explosèrent sur le béton.

Retourne-toi !

Il est là !

Retourne-toi !

Thomas ferma les yeux et pivota lentement pour faire face au couloir. Quand il les rouvrirait, il en aurait le cœur net. Il compta mentalement.

5, 4, 3…

Il imagina ce qui restait du visage de M. Menard à quelques centimètres du sien.

Il n'y a rien !

2, 1…

Il ouvrit les yeux et sut.

C'est à ce moment que la minuterie s'arrêta.

L'envol du colibri

par Alexis Laipsker

L'infirmière entre en chantant. Sur un petit plateau, elle porte un cupcake surmonté d'une bougie qu'elle abrite de sa main libre pour qu'elle ne s'éteigne pas. Quelle belle connerie ! C'est Noël, pas mon anniversaire ! Et elle entonne un « Joyeux Noël » avec ce sourire aussi faux qu'une Rolex dans le souk de Marrakech.

Ce n'est pas que je déteste Noël, non. C'est que ça me rappelle de mauvais souvenirs.

Par association d'idées. Noël, le jour des enfants ! Tu parles !

Qu'ils aillent tous crever en enfer !

Je sais quand même de quoi je parle puisque j'ai eu le bon sens de ne pas en avoir. Mais le destin s'est vengé en m'en confiant plusieurs classes. Oui, je suis enseignant. Professeur de français. Et je peux vous dire que ce ramassis de médiocres petits cafards a torturé cette belle langue avec plus de cruauté qu'un maître inquisiteur n'aurait torturé un envoyé du diable en personne.

Mais ils ont trouvé devant eux, je vous l'assure, un roc, que dis-je, une forteresse de la langue française. Je les ai bien pourris, ces incapables. Je peux me vanter d'avoir été élu « Professeur le plus sévère de l'établissement » huit années de suite !

Alors, était-ce un retour des choses ?

Quatre ans.

Sept mois.

Onze jours.

Cela fait quatre ans, sept mois et onze jours que je n'ai pas bougé.

Au sens propre. Pas bougé. Du tout. Pas le moindre muscle. Pas d'un centimètre. Je repose, allongé comme une momie, depuis tout ce temps. Au mieux, mon torse se bombe à chaque respiration. Voilà. Je respire. C'est à peu près tout.

J'ai été foudroyé par une maladie orpheline. Je n'ai pas bu. Je n'ai pas conduit imprudemment. Je ne me suis livré à aucun excès. Je n'ai pratiqué aucun sport extrême. Je n'ai rien fait de mal. C'est tombé sur moi. Voilà. Une chance sur trente-quatre mille. Pour couronner le tout, j'ai hérité d'une version fulgurante. Une chance sur trois cent mille. Chance… On n'est pas deux cents en France. Parler de « chance » prouve à quel point les statisticiens ont le sens de l'humour. Moi, je ne l'ai pas.

Après quatre ans, sept mois et onze jours dans le même lit d'hôpital, je mets au défi qui que ce soit d'avoir de l'humour. Je peux vous garantir que j'ai consciencieusement cherché à tourner cela à la dérision.

Paralysie supranucléaire progressive. La maladie du colibri. Je n'ai jamais trop compris ce que venait faire là le colibri, mais peu importe.

La particularité de cette saloperie est qu'elle me paralyse des pieds à la tête. Je suis raide comme un monolithe. Je ne tiens dans aucun fauteuil.

Je ne dois ma survie qu'à la société moderne. À toute autre époque, on m'aurait laissé crever.

Je suis sur Terre l'être vivant le moins vivant.

Et vous ? Qu'avez-vous fait, ces quatre dernières années ? Avouez que ce n'est pas facile de répondre. Parce que vous ne sauriez par quoi commencer. Évidemment. Vous avez vécu de nouvelles expériences humaines, professionnelles. Vous avez admiré d'étonnants paysages, souri, pris quelqu'un par la main, laissé le vent caresser votre visage. Vous avez pu découvrir le corps de l'autre. Le posséder. Le laisser vous posséder en retour. Vous avez ri, pleuré, bu, dit le contraire de ce que vous pensiez, tiré les rideaux le matin en découvrant le temps qu'il faisait… Laissé l'insouciance vous conduire, si l'envie vous prenait. Bref, vous avez vécu.

Vous avez peut-être eu des enfants…

… des enfants…

Sales petits cons !

Pardon.

Moi, je n'ai pas bougé d'ici. Dans cette pièce aux murs vanille, aux rideaux marron et au sol de lino qui pue la Javel.

J'oscille entre la position assise et allongée. C'est là mon seul luxe, ma seule fantaisie : passer d'une position à une autre, au gré des aides-soignants. Mes journées sont rythmées par la visite de l'infirmière qui vient m'humecter les yeux. Toutes les trois heures. Sauf quand elle oublie. Au début, c'était difficile. Imaginez que vous ne puissiez pas cligner pendant trois heures ! Mes yeux roulaient de façon incontrôlable dans leur orbite. La démangeaison était si insupportable, si douloureuse que je vous jure que je ne rêvais que d'une chose : me les arracher à mains nues !

Puis, je m'y suis fait.

Le personnel n'est pas très agréable avec moi. Pas un mot. En un sens, je les comprends. Le masque de cire à la bouche désespérément close auquel ils ont affaire n'est pas le compagnon idéal. Alors, ils préfèrent marmonner entre leurs dents, comme ils le feraient si je n'étais pas là. D'ailleurs, suis-je encore là ?

Moi, je veux mourir. J'ai rêvé de la hache incendie qui se pavane dans sa vitrine rouge. Je ne souhaite rien plus que de m'y fendre le crâne.

Qui me regrettera ? Je n'ai pour toute famille que des cousins lointains qui, aussitôt ma maladie diagnostiquée, ont eu tôt fait de trouver des sujets de brouille familiale pour s'éviter les visites embarrassantes chez « tonton Légume ». Oh, ce n'est pas plus mal. Les conversations de convenance, ça n'a jamais été mon truc. Et puis, ils ont des enfants…

Ces sales petites ordures de gamins !

Pardon, pardon.

Oui, le sujet est assez sensible. Vous avez remarqué ? Je démarre au quart de tour.

Je sais bien. Mais ce n'est pas facile pour moi.

Laissez-moi vous raconter.

Un soir, un gamin est parvenu à pénétrer dans l'hospice. Je ne sais pas comment il a fait. Peu importe. Ce n'est pas Fort Knox, non plus. Il était venu pour chaparder des trucs, j'imagine. Il est tombé un peu par hasard sur ma chambre, a constaté mon état. C'était un de mes anciens élèves. Je l'ai reconnu tout de suite. Un vrai cancre, celui-là ! J'ai bien vu son sourire malicieux à ce petit con. Ça le faisait marrer que je ne puisse plus bouger. Je lui en aurais bien collé une si…

Quelques jours plus tard, ce petit salopard est revenu avec un ami. Ils ont commencé à se foutre de ma gueule. Devant moi. Puis, ils m'ont mis des petites claques. Par séries. Ils étaient morts de rire !

Ils sont revenus. Souvent. Que foutent leurs parents ?!

Je suis devenu leur jouet préféré.

Puis, les gamins ont grandi, en même temps que leur imagination. Et leur vice !

Les petits jeux sont devenus plus cruels, plus savoureux.

L'un d'eux eut l'idée de soulever la couverture et de baisser mon pantalon. Ils étaient hilares ! Eh bien, oui, un pénis ankylosé, ça ne devait pas avoir fière allure ! Mais ne pouvaient-ils pas faire preuve d'un peu de compassion ? Non. L'un d'eux a sorti son portable et mon sexe a fini sur un site. Visible de tous, j'imagine.

Vous vous mettez à ma place ? Vous imaginez ma honte ?! Mon indignation ?!

Ils dansent autour de mon sexe flaccide, se tordent de rire.

Il faut les bruits de pas de l'infirmière pour les faire enfin fuir.

J'étais plus bas que terre.

Jamais je n'avais autant rêvé de la hache incendie. Je m'imaginais y fracasser ma tête. Seigneur Dieu, viens-moi en aide. Toi qui as souffert, entends ma prière…

Ce n'était pourtant que le tout début de mon chemin de croix à moi.

Plus tard, ils reviennent. Il leur en faut plus. L'un d'eux grimpe sur le lit, dégrafe sa braguette et m'urine dessus. L'infirmière croira que c'est ma sonde qui s'est détachée. Elle m'a grondé. Cette conne. Comment j'aurais pu faire pour la détacher ?!

Une autre fois, ils sont de retour. Ils me font manger leurs crottes de nez. Se mettent les doigts dans le cul et me les glissent dans la bouche, le nez.

Les gamins défilent. Avec de nouveaux copains, de nouvelles idées, de nouveaux challenges. Tous ces incapables que j'ai eus en classe croient se venger.

Un soir, ils reviennent. Ils ont bu. Et ils ont de quoi boire.

Je vois dans leurs yeux une étincelle inédite, je devine un vice nouveau. Que ne m'ont-ils pas encore fait ?

Ils me déshabillent. Filment. J'ai l'habitude. Ça va durer combien de temps ?

L'un d'eux revêt des gants. Hilarité générale. Allusions homophobes en rafales de gros calibre. Puis, tous se calment. Quelque chose se trame. Dieu, que je préférais encore quand ils étaient hilares !

Ils me badigeonnent de la tête aux pieds. C'est un peu chaud. Pas désagréable. Puis, ça chauffe davantage. Et la chaleur se transforme en démangeaison. La démangeaison en supplice ! Je ne sais ce que c'est précisément. Une poudre urticante. Chaque centimètre carré de mon corps est frappé par cette torture. Les démangeaisons sont abominables. Désespérément immobile, je me contorsionne. Dans mon esprit, car le corps, lui, ne m'obéit plus depuis longtemps. Je n'ai jamais autant souffert.

Cette torture est une gifle à ma condition d'infirme. Au-delà de ma souffrance, elle me rappelle ce que je suis devenu.

Je pleure. Pas besoin de larmes artificielles. Ma douleur et ma honte m'arrachent bien assez de sanglots.

Je n'avais jamais connu de douleur si vive.

Le supplice dura si longtemps que même les gamins en ont eu marre. Peu à peu, ils ont cessé de se foutre de moi. Et ils m'ont laissé.

Le lendemain, la toilette sera sommaire. L'infirmière me nettoie grossièrement. Elle ne remarque rien. Je suis parti pour souffrir une journée de plus…

Ce sera seulement au troisième jour que l'infirmière pensera à me nettoyer en intégralité.

Je pourrais aussi vous parler des insectes, du vinaigre, de la fois où ils ont…

Quatre ans, sept mois et onze jours.

Pourquoi je vous raconte cela ?

Parce qu'aujourd'hui, c'est Noël. Un jour magique.

Et j'ai été exaucé.

Greffe de cellule souche !

Le greffon donne entière satisfaction.

La maladie du colibri… c'est fini.

Le médecin m'a dit : « Vous serez sur pied pour Noël. »

Il avait raison.

Noël…

Le jour des enfants.

On va bien s'amuser.

À cet instant, je suis étendu de tout mon long.

Les murs vanille. Les rideaux marron. Cette odeur de Javel.

Pareil.

À un détail près…

L'armoire incendie est étrangement vide. Il manque la hache.

Cette hache dont j'ai tant rêvé… Je l'ai !

Mais, déjà, j'entends la porte s'ouvrir.

C'est mon premier sourire. Le premier depuis si longtemps.

La fête peut commencer.

Je serre le manche de la hache de mes deux mains.

« Joyeux Noël, les enfants ! »

La boîte

par Franck Thilliez

C'était le défi de l'un d'eux, chaque année : trouver l'endroit le plus insolite, dans n'importe quel coin en France, pour fêter Noël, et en gérer l'entière organisation. Cette fois, c'était Nathanaël qui avait dû s'y coller. Après le drame qui avait touché en février dernier Mélissa, la doyenne de leur groupe – quarante-deux ans, quand même ! –, la question d'annuler les festivités s'était posée. Mais cette dernière avait insisté pour que la tradition se perpétue.

Il avait donc donné rendez-vous à ses trois amis sur le port de plaisance de Perros-Guirec le 24 décembre, un peu avant midi. De là, un petit bateau les avait déposés, chargés de victuailles et de valises, sur un de ces magnifiques îlots privés situés à quelques milles de la côte bretonne. Un vieux ponton en bois qui grinçait sous leurs pas, dix marches à gravir entre les rochers de granit rose striés de veines sombres, pour accéder à une propriété en pierre et aux grandes baies vitrées offrant une magnifique vue dégagée sur la mer. Pas de réseau, pas d'Internet, juste une poignée d'oiseaux aux cris stridents qui tournoyaient au-dessus d'eux comme des âmes perdues, le clapotement des vagues et un vieux bateau à moteur amarré au ponton, vraiment en cas de pépin. Car, jusqu'au retour du marin le 26, ils n'avaient aucun moyen de contacter le continent.

Les invités furent éblouis par le cadre idyllique. Sous le ciel d'un de ces bleus impeccables d'hiver, ces petits morceaux de Bretagne saupoudrés tout autour paraissaient irréels. Comme toujours, Nathanaël avait frappé fort. Ce courtier parisien de vingt-huit ans voulait toujours être le meilleur, en tout. À nouveau, au sein de leur petit groupe, il le prouvait.

À l'intérieur de la bâtisse, l'ambiance changea radicalement. La décoration était plutôt inhabituelle pour une location de bord de mer. Mélissa se sentit cernée par les statues africaines aux visages déformés par une sorte de souffrance ancestrale qui trônaient aux quatre coins du salon. Des masques rituels aux expressions grimaçantes, sculptés dans un bois sombre, avaient l'air de l'observer tandis que des ossements d'animaux indéterminés – cornes torsadées, crânes aux cavités béantes – semblaient pouvoir reprendre vie à tout moment au côté des fétiches de plumes noires et de perles rouge sang.

— Qui est le proprio ? Un marabout ? demanda Mélissa d'une voix nerveuse.

Nathanaël découvrait les lieux en même temps que les autres, un poil perturbé. Son assurance habituelle vacilla face à cette atmosphère inquiétante qu'il n'avait pas anticipée.

— Je n'en sais rien. Sur le site la baraque était dispo, le lieu, très classe, m'a tout de suite séduit, alors j'ai loué. Mais les photos ne montraient pas l'intérieur. C'est vrai que c'est… particulier. Ça te met mal à l'aise ?

— Ça ira…

— Et tout cas, ils vont m'entendre.

Quand ils allèrent déposer leurs cadeaux au pied de la cheminée – un âtre monumental orné de masques gravés –, ils furent surpris d'en découvrir déjà un de petite taille, soigneusement emballé. Aucun d'entre eux ne l'avait apporté là. Sans doute une surprise du propriétaire à leur intention. Ça faisait toujours plaisir.

Nathanaël fit un feu, et ils prirent leurs quartiers. Karen et Jessy, trente-trois et trente-cinq ans, s'étaient enfin mis en couple cet été – des vacances communes et un peu d'alcool les avaient aidés à franchir le pas, après des lustres à se tourner autour. Ils optèrent pour la grande chambre, ornée de trophées de chasse. Là aussi, il régnait une drôle d'ambiance, avec les peaux de zèbre au sol, les cornes de gazelle accrochées au mur. L'impression de dormir dans la maison d'un sorcier, perdue en pleine savane.

— Mélissa, elle craint non ? demanda Karen en ayant pris soin de refermer la porte derrière elle et en jetant un regard inquiet vers un groupe de trois poupées bizarres. Pas un mot, une tête d'enterrement… Je crois qu'elle est encore sous antidépresseurs. Dans le bateau, j'ai vu une boîte de médocs dans une pochette à l'arrière de son sac.

— Je sais… Mais elle voulait venir à tout prix. On ne pouvait pas la laisser seule pour son premier Noël sans Timothée.

Jessy, ce grand gaillard aux cheveux bouclés, avait toujours eu le cœur sur la main. Comment lui en vouloir ? Mélissa avait perdu son fils de six ans dans les circonstances les plus horribles qui soient : il s'était noyé en tombant des berges d'un lac, alors qu'ils s'étaient tous réunis pour un pique-nique. Une partie de ballon, Nathanaël qui se tord la cheville en courant et monopolise leur attention, à tous – comme toujours. Il avait fallu moins de dix secondes d'inattention. Dix petites secondes qui avaient transformé la femme épanouie qu'était Mélissa en fantôme de chair, rongée par la culpabilité et les antidépresseurs.

Karen chassa ses mauvaises pensées et se jeta sur son compagnon, folle amoureuse. Dans ce décor sinistre, elle avait besoin de sentir la vie, la chaleur humaine. Elle l'embrassa avec fougue et entreprit de le déshabiller : ils avaient bien cinq minutes ? Elle vivait ces temps-ci sa meilleure vie. Comme quoi, le destin pouvait être sacrément salaud avec les uns et réserver des miracles aux autres…

*

Même s'il n'était pas encore minuit, la tradition voulait qu'ils ouvrent leurs cadeaux avant le plat principal – un gigantesque plateau de fruits de mer. Tout le monde offrait des présents à tout le monde et, encore une fois, l'originalité devait primer. Nathanaël se retrouva par exemple avec un « kit de survie amitié », un dictionnaire des insultes affectueuses – il aimait jurer, un trait qui trahissait sa nervosité chronique – et une marionnette à son effigie offerte par Mélissa. C'était laid, mais il vint se serrer contre elle affectueusement. Il sentit qu'elle était tendue et contractée sous sa robe noire. Elle lui avait toujours assuré ne pas lui en vouloir pour la mort de Timothée – s'il ne s'était pas foulé la cheville, rien de tout ça ne serait arrivé –, mais Nathanaël savait qu'en réalité elle éprouvait une rancune profonde et silencieuse.

— Chéri !

Karen venait de découvrir le cadeau de son amoureux : une bague de fiançailles qui scintillait dans la lumière dansante des bougies. Elle la glissa à son annulaire gauche, les larmes au bord des yeux. Lui qui adorait les casse-têtes, elle venait de lui offrir un puzzle de cinq cents pièces représentant une vieille photo ridicule de leur groupe – une image heureuse, d'avant le drame. Elle avait un peu honte de son présent dérisoire, mais comment pouvait-elle se douter que son Jessy la gâterait à ce point ? Il avait bien caché son jeu, ce séducteur au grand cœur.

L'euphorie des cadeaux, le champagne, la musique : la nuit s'annonçait longue. Mélissa restait en retrait. Elle n'allait pas bien, vraiment pas bien. Son regard fixait alternativement les flammes dans l'âtre et les masques grimaçants, comme si elle cherchait un signe, une réponse à sa souffrance.

— Il reste le cadeau de notre hôte à ouvrir, annonça Nathanaël. Je me demande bien ce que c'est. À votre avis ? C'est léger, ça fait du bruit quand on le secoue. Un truc qui se partage. Des chocolats ?

— Ou des grigris maudits, lança Jessy en terminant sa coupe. Avec toute cette déco morbide… Enfin bref, on s'en fiche, ouvre !

Nathanaël déchira le papier cadeau et dévoila une belle boîte noire. Un cube d'ébène d'une quinzaine de centimètres, laqué, sans marque ni dessin. Il en ôta le couvercle. À l'intérieur, une phrase : « *Peut-on changer le destin ?* » et quatre petites pyramides noires, identiques, en ébène elles aussi. Il les renversa sur la table, s'empara de l'une d'elles, l'observa sous tous les angles. L'objet était étrangement lourd, presque tiède au toucher.

— Une idée de ce que ça peut être ?

Jessy en piocha une à son tour.

— *Peut-on changer le destin ?* Ça me fait penser à un jeu. On est quatre. Il y a une pyramide pour chacun d'entre nous. (Il la secoua, la colla à son oreille.) Attends, on dirait qu'il y a quelque chose à l'intérieur.

Il essaya de la briser en pressant avec ses doigts, en vain, mais ça lui semblait creux. Ses mains de cuisinier, habituées à malaxer et pétrir, ne parvenaient pourtant pas à entamer la surface lisse. Le marteau à crustacés allait être bien plus efficace. Karen lui attrapa la main. Sa nouvelle bague brillait sur son doigt.

— Peut-être qu'on devrait éviter de casser. Ce truc ne nous appartient pas.

— Ça nous a été offert. Donc, considérons que ça nous appartient. Qui est pour le marteau ?

Les garçons levèrent la main avec une détermination toute masculine. Quant à Mélissa… Absente, visage en berne… Karen finit par prendre à son tour une pyramide, la reposa, en saisit une autre et la positionna à la place de celle de Jessy.

— OK. Vas-y. Mais casse d'abord la mienne.

— Ça me fait penser aux biscuits de la chance, vous savez, ces pâtisseries chinoises qui contiennent des messages à la con, genre : « *Lorsque votre cœur est pur, votre esprit est clair.* » À votre avis, on peut le changer, notre destin ? Est-ce qu'on peut…

— Tu veux dire, est-ce qu'on aurait pu éviter la mort de Timothée par exemple ? le coupa sèchement Mélissa. Oui, si Jessy n'avait pas emporté ce ballon. Ou mieux, si Karen ne le lui avait pas offert au Noël dernier. Mieux encore, si on n'avait pas cette tradition des cadeaux à la con, alors oui, Timothée serait ici…

Un silence de plomb s'abattit sur la pièce. Chacun ne savait plus trop où se mettre. Les flammes de la cheminée projetaient des ombres dansantes sur les masques africains. Ce fut Karen la première qui rompit la glace, en venant se coller contre son amoureux.

— Difficile de jouer après ça, mais on va essayer. Vas-y, casse ma pyramide…

Jessy s'exécuta. La pyramide se brisa en deux, révélant un minuscule rouleau de papier. Il le lui tendit, elle déroula et lut. C'était écrit en lettres d'imprimerie, en tout petit : « *La vie continue.* »

Karen haussa les épaules.

— Oui, cool, vachement heureuse de l'apprendre.

Elle balança le papier au milieu de la boîte, accordant un regard à Mélissa qui semblait s'être calmée. Jessy brisa cette fois sa pyramide. Durant quelques secondes, son visage s'obscurcit.

— « *Tu vas mourir le 24 décembre 2025.* » Sympa… (Il jeta un œil sur sa montre.) Il me reste une heure à vivre, alors autant que j'en profite. Bon, on attaque les homards ? À moins que vous vouliez ouvrir les autres et définitivement transformer notre soirée en banquet macabre ?

Les amis se regardèrent, ils étaient d'accord : non, franchement pas envie. Ce cadeau était de très mauvais goût. Nathanaël replaça les deux autres pyramides dans la boîte et s'approcha de la cheminée, dont les flammes semblaient danser plus violemment. Il voulut les lancer dans l'âtre, mais Mélissa bloqua son geste d'une poigne surprenante.

— Ils vont m'entendre sur leur site, je vous jure, fit-il en reposant finalement la boîte. Franchement, ce proprio, il craint.

Ils oublièrent vite ce petit désagrément et trois d'entre eux retrouvèrent le goût de la fête. Les amis s'appelaient souvent, communiquaient via les réseaux, mais ne se voyaient physiquement que deux ou trois fois par an. Nathanaël, le courtier, aimait dépenser ; Karen et Jessy préparaient l'ouverture d'un restaurant à Dieppe ; quant à Mélissa, elle avait repris un petit boulot dans un supermarché pas loin de chez elle, à Mantes-la-Jolie, un travail répétitif qui l'aidait à ne pas penser. Ils riaient devant elle, un rire qu'elle ne supportait plus. Bientôt, elle s'esquiverait dans sa chambre… Bientôt, elle…

— Jessy ! Merde !!

Mélissa secoua la tête et ne comprit pas tout de suite ce qui se passait : à ses côtés, Jessy venait de rouler au sol, les mains sur sa gorge. La chaise de Karen se renversa lorsqu'elle s'élança de l'autre côté de la table avec de grands yeux terrifiés.

— Chéri ! Qu'est-ce qui se passe ?

Le visage de Jessy était désormais rouge vif, sa langue se tordait dans tous les sens à l'intérieur de sa bouche grande ouverte. Et ces gargouillis…

— Il est en train de s'étouffer ! hurla Karen.

Nathanaël le redressa en l'attrapant sous les bras. Il le cala contre le pied de la table et se mit à frapper du plat de la main contre sa poitrine.

— Crache ! Crache, bon sang ! (Il lança un regard désespéré aux deux femmes.) Qu'est-ce qu'il faut faire ? Qu'est-ce qu'on doit faire dans ces cas-là ?

Personne ne savait vraiment. Coups sur la poitrine, dans le dos. Les yeux de Jessy étaient en train de sortir de leurs orbites. Il tendit une main aux doigts rétractés vers le bord de nappe qui pendait, la tira à lui, avant de s'effondrer, la joue écrasée contre le carrelage. Il ne respirait plus.

Karen le retourna, se mit à souffler dans sa bouche et à appuyer sur sa cage thoracique de toutes ses forces, comme elle avait vu faire à la télé, tout en répétant intérieurement : *Tu ne peux pas mourir, tu ne peux pas mourir.*

L'horloge indiquait 23 h 55 quand Nathanaël décrocha Karen du corps de Jessy, lui disant que ça ne servait plus à rien.

*

— Le bateau ne fonctionne pas. Le réservoir d'essence est vide. J'ai fouillé partout. Il n'y a pas de carburant.

Nathanaël referma derrière lui et resta proche de la porte. Quel cauchemar… Les deux femmes s'étaient réfugiées sur le canapé face à la cheminée. Mélissa caressait les cheveux de Karen couchée sur ses cuisses. Le corps de Jessy gisait toujours au pied de la table, mais Nathanaël l'avait recouvert d'un drap. À chaque instant, il avait l'impression que le drap allait bouger, que Jessy finirait par repousser le tissu d'un coup sec et sortir une bonne blague. Dans leur groupe, c'était toujours lui le clown de service.

On était le jour de Noël, il était à peine une heure du matin. Le marin ne reviendrait pas avant le lendemain en fin de journée. Ça voulait dire rester plus de trente-six heures avec un cadavre en plein milieu de la salle à manger. Avec la chaleur dégagée par la cheminée, ne risquait-il pas de se décomposer ? Peut-être qu'il faudrait le sortir ? Ou au moins le tirer dans une autre pièce ? C'était abominable.

Là-bas, Mélissa s'était redressée avec une détermination soudaine. Elle s'agenouilla devant l'âtre, face à la boîte maudite qui trônait toujours près des statuettes grimaçantes. Le message avait dit la vérité. Elle ignorait comment c'était possible, mais la sinistre sentence s'était réalisée. Elle approcha sa main des pyramides, prête à découvrir les nouvelles prophéties. Si ces trucs disaient vrai, alors…

Karen se leva et se jeta sur Nathanaël.

— Pourquoi t'as fait ça ? hurla-t-elle soudain. Pourquoi t'as loué cette putain de baraque maudite ?

Nathanaël la laissa le cogner, conscient qu'il méritait sa colère. Elle finit par s'effondrer dans ses bras, à bout de forces. Un violent coup de marteau résonna dans la pièce, des bouts de pyramide giclèrent. Mélissa ramassa son rouleau de papier, lut, se figea. Un tic nerveux fit battre ses lèvres, quelque chose changea dans son regard – une lueur d'espoir fou qui n'y brillait plus depuis des mois. Karen n'avait plus jamais vu ces yeux-là, si pleins d'une attente désespérée, depuis la mort de Timothée. Elle s'avança vers son amie, à moitié titubante, passant par l'autre côté de la table pour contourner le drap blanc…

— « *Pense fort à une personne disparue... Et cette personne reviendra...* », lut Mélissa d'une voix fébrile.

Karen tendit la main pour constater de ses propres yeux, mais Mélissa resserra son poing autour du papier.

— Mélissa, tu… Bon Dieu, c'est incroyable !

Tous s'observèrent dans la plus grande stupéfaction. Il n'y avait pas que des choses mauvaises dans ces pyramides. Y avait-il la moindre chance pour que cette nouvelle sentence se réalise ? Pour que… des morts puissent revenir à la vic ? C'était dingue, impossible, mais Karen voulait y croire.

— Ferme les yeux, et pense à Jessy !

Mélissa eut un mouvement de recul.

— Écoute, Karen, il faut que… qu'on réfléchisse, d'accord ? C'est…

— Réfléchir ? Mais il n'y a pas à réfléchir ! Jessy est juste là, et il vient de mourir ! Ce n'est pas compliqué ! Tu fermes les yeux et tu te concentres sur lui !

Mélissa restait sur la défensive. Nathanaël vint faire front commun avec Karen.

— Fais-le. T'as la possibilité de le ramener à la vie. Faire que tout cela ne soit jamais arrivé. Je t'en supplie, au nom de notre amitié…

— Et Timothée, vous y avez pensé ? Mon petit garçon n'avait rien demandé à personne. Il avait six ans. Toi, tu… tu vas ouvrir un restaurant, toi, tu continues à vendre tes actions à la con, mais moi… Ma vie n'a plus de sens depuis qu'il n'est plus là… (Elle secoua la tête.)

C'est à moi qu'est revenu ce message, pas à toi. C'était écrit. C'est le destin qui l'a décidé.

Elle ferma les yeux, du bout des lèvres elle murmura : « Timothée. » Karen resta là, sans voix, puis elle se mit à la maudire de toutes ses forces. Elle retourna s'asseoir dans le canapé, une main sur le crâne, le regard perdu vers les flammes qui s'agitaient comme des démons. Quelle horreur !

Tout ça ne servait à rien. Timothée ne reviendrait pas. La mort de Jessy, concordant avec le message, ne pouvait être qu'un hasard. Une sinistre coïncidence.

Le vent s'était levé avec la nuit, la toiture gémissait, rendant l'atmosphère plus macabre encore. Les ombres des objets rituels semblaient bouger toutes seules et, parfois, on croyait entendre des chuchotements dans les recoins obscurs. Nathanaël décida de traîner le corps de Jessy jusqu'à une chambre inoccupée, horreur ornée d'horribles têtes réduites et de masques à cornes. Il l'attrapa par les chevilles en détournant la tête, luttant contre la nausée. Les membres commençaient à être raides comme des bouts de bois : la rigidité cadavérique s'installait inexorablement.

Mon Dieu, songea-t-il en refermant la porte derrière lui. Et maintenant, qu'est-ce qu'ils allaient faire ? Ça faisait deux heures que Mélissa avait prononcé le nom de son fils, et rien ne s'était passé. Elle s'était installée devant une fenêtre et fixait la nuit noire zébrée d'embruns, silencieuse. Karen était couchée dans le canapé, défoncée au champagne. Le mascara avait laissé des traînées de charbon sur ses joues pâles.

Marteau à crustacés en main, Nathanaël saisit la dernière pyramide et s'effondra dans le fauteuil. Que lui réservait-elle ? Bonheur, ou malheur ? *C'est de la connerie, de toute façon.* Il posa le petit objet sur la table basse et cogna. Comme pour les autres, un message l'y attendait. Ses yeux se plissèrent quand il le lut. *Comment ce serait possible ?* songea-t-il.

Soudain, des coups retentirent. Ils provenaient de la porte d'entrée – trois coups lents, mesurés, comme frappés par une main d'enfant.

Mélissa se jeta sur la poignée de la lourde porte et ouvrit d'un geste brusque. Ses jambes ne parvinrent plus à la soutenir. Elle tomba à genoux sur le seuil glacé devant son fils qui grelottait dans un petit imperméable jaune.

— J'ai froid, maman.

Sa voix était exactement la même, ce timbre cristallin qu'elle entendait dans ses rêves chaque nuit. Elle écarta les bords de sa capuche d'une main tremblante, incrédule. C'était lui, c'était bien lui, tel qu'elle l'avait vu pour la dernière fois, allongé sur la berge du lac, ses cheveux blonds collés par l'eau, ses lèvres bleuies par le froid éternel. Mais là, il était vivant, chaud, ses petites joues rougies par le vent marin. Elle le serra contre son cœur, elle sentit le sien. Il battait avec force et vigueur, le cœur d'un petit garçon de six ans.

— Mon chéri. Oh, mon chéri…

Ses larmes coulaient sans retenue, mêlant joie et incrédulité. Derrière elle, Karen observait ces improbables retrouvailles avec une amertume grandissante. Mélissa pleurait de joie alors qu'elle, elle sombrait dans l'abîme. Ça aurait pu être Jessy, là, à la place du petit. Tout aurait pu rentrer dans l'ordre, mais l'autre égoïste en avait décidé autrement. *Sois maudite.*

Silencieux dans son coin, Nathanaël observait ce pur moment de bonheur. Quand Mélissa croisa son regard, elle y lut une tristesse insondable, mais aussi une détermination implacable. Elle comprit que son ami s'excusait pour ce qu'il s'apprêtait à faire. Il ferma les yeux.

— Qu'est-ce que…

La phrase de Mélissa fut coupée net. Ce qui se produisit, dans l'infime fraction de temps suivante, échappait à la compréhension humaine. Mélissa pensa d'abord à un bug dans sa mémoire : eux quatre, devant la porte d'entrée de la maison en pierre. Nathanaël, en train d'introduire la clé. Jessy et Karen, main dans la main, observant le bateau qui s'éloignait. Et elle, traînant sa valise derrière elle.

Exactement la scène qui s'était déroulée lors de leur arrivée sur l'îlot.

Ils étaient figés dans cette position, et ce fut alors comme un tableau qui soudain prend vie. À quatre, ils scrutèrent leur environnement, comme hallucinés d'être là. Karen poussa un cri de joie et se jeta dans les bras de son amoureux. Mélissa tourna sur elle-même, à la recherche de son fils.

— Timothée ! Timothée !!

Mais il n'était plus là. Quelque chose, quelqu'un le lui avait repris. À nouveau, ses yeux accrochèrent ceux de Nathanaël, qui poussait la porte, déstabilisé lui aussi par ce qui était en train de se produire. Mélissa s'élança sur les marches, les joues pleines de larmes.

— Qu'est-ce que tu as fait ? s'écria-t-elle.

— Mon message était le suivant, répondit Nathanaël : « *Vous avez la possibilité de revenir quelques heures en arrière, avant l'ouverture de la boîte. Pensez oui ou non.* » J'ai pensé : Oui. C'était la meilleure solution. Excuse-moi, Mélissa…

Jamais Nathanaël n'avait vu tant de noirceur dans le regard de quelqu'un. Une haine pure, primitive. Elle le bouscula pour entrer la première. Le cadeau était toujours là-bas, à sa place, tel qu'ils l'avaient trouvé à leur arrivée. Tout se reproduisait à l'identique…

Elle s'en empara avec rage, arracha le papier, découvrit la boîte. Il n'y avait plus quatre pyramides, mais seulement trois. Et toujours ce mot : *Peut-on changer le destin ?* Mélissa piocha une pyramide et l'enferma dans son poing. Nathanaël tendit la main, inquiet.

— Rends-la-moi, Mélissa. Nous allons les remettre dans leur boîte, ne plus toucher à rien. Et tout se passera bien. Nous fêterons Noël et, bientôt, tout ça ne sera plus qu'un mauvais souvenir.

Elle secoua la tête avec violence, ses cheveux noirs fouettant ses joues pâles.

— Un mauvais souvenir ? Timothée était là ! Juste là ! Je veux encore le serrer dans mes bras. (Elle ouvrit sa main.) Ce truc a le pouvoir de me le ramener. Vous n'êtes pas obligé d'ouvrir vos pyramides, de changer vos destins. Juste moi.

— Cet objet a aussi le pouvoir de tuer, fit Jessy en s'approchant, encore bouleversé par le souvenir de sa propre agonie. Imagine que tu tombes sur le mauvais message. Je… Ce que j'ai *vécu*, c'est… infernal. Crois-moi, mourir, ça fait vraiment mal.

Elle se mit à aller et venir, en pleine réflexion. Trois pyramides, au lieu de quatre.

— Si je tire un mauvais sort, vous pourrez toujours briser les autres pyramides jusqu'à tomber sur le papier qui permet de revenir en arrière. Et on réessayera.

— Un des messages n'est plus là, tempéra Karen. Imagine que ce soit celui qui permet le voyage dans le temps, justement…

Il n'y avait aucun moyen de savoir sans ouvrir. Mélissa observa sa pyramide. Cet objet, c'était pour elle une seconde chance. Et puis, le destin l'avait orientée vers le bon choix la première fois. Pourquoi cela changerait-il ?

— Je tente ma chance.

Elle claqua sa pyramide au sol. Tous avaient les yeux rivés vers le petit rouleau de papier qui s'immobilisa au pied de la cheminée. En ce réveillon de Noël, Mélissa avait décidé de changer la trajectoire de sa vie. Elle découvrit le sort qui lui était réservé. Face à elle, ses trois amis retenaient leur souffle, conscients que leurs destins à tous se jouaient dans cet instant. Elle poussa un soupir, et ferma les yeux…

La mer, les marches devant la maison, le tableau de leur arrivée qui s'anime. Retour à la case départ. Un coup pour rien, se dit Mélissa en s'élançant vers la porte, alors que les autres réagissaient à peine à ce nouveau voyage dans le temps. Mais elle allait pouvoir retenter sa chance. Elle finirait bien par y arriver. Timothée avait besoin d'elle. Il attendait quelque part dans les limbes qu'elle le ramène.

Cette fois, il n'y avait plus que deux pyramides dans la boîte. Mélissa observa les deux objets rigoureusement identiques qu'elle venait de positionner sur la table, face à elle. Gauche ou droite ? Elle prit une grande inspiration, leva le marteau et le rabattit sur celui de droite. Ses yeux ne laissèrent rien transparaître quand elle lut le message. Ni triste ni joyeux. Elle le chiffonna, le jeta devant elle sans rien dire, alla observer par la fenêtre dans un soupir. C'était tellement beau, dehors.

Le visage grave, Nathanaël déplia le papier : « *Tu vas mourir le 24 décembre 2025.* » Il le montra à Jessy et à Karen, serrés l'un contre l'autre dans un silence pesant. Mélissa se retourna.

— C'est le destin. Je serai bientôt avec Timothée. C'est le plus important.

Nathanaël s'empara de la dernière pyramide.

— On peut encore faire quelque chose. Ouvrir la dernière sans risque pour essayer de te sauver. Quel que soit le message, il n'aura pas de conséquence pour nous, mais il pourra te sauver, toi…

Jessy réfléchit. Nathanaël avait raison. Suivant le message, ils pouvaient soit revenir dans le passé (« *Vous avez la possibilité de revenir quelques heures en arrière, avant l'ouverture de la boîte* »), soit continuer leur vie (« *La vie continue* »), ou ramener Mélissa si elle passait l'arme à gauche (« *Pense fort à une personne disparue… Et cette personne reviendra…* »).

Vraiment aucun risque.

Nathanaël ouvrit sa pyramide. Il poussa un long et terrible soupir. « *La vie continue.* » Cette fois, il n'y avait plus rien à ouvrir. C'était terminé. Plus de cartes à jouer, plus de tours de magie noire.

Mélissa leur adressa un sourire triste, presque maternel.

— Tu vois ? On aura tout essayé. Quoi qu'on fasse, c'est de cette façon que ça devait se terminer. Moi, et moi seule qui disparais. Finalement, cette fichue boîte n'a servi à rien. Il semblerait bien que, quoi qu'on fasse, on ne peut pas changer le destin… C'était écrit, c'est ainsi que ça devait se passer.

Elle s'excusa et disparut dans sa chambre.

Quelques instants plus tard, une détonation retentit.

Mélissa gisait au sol, un pistolet dans la main…

Ho Ho Ho !

par Jean-Luc Bizien

Paris, 24 décembre 2024

— Aouch !

L'air était si froid et sec qu'il produisait sur la peau l'effet d'une morsure. Sam31 en demeura pétrifié. En fermant les paupières pour s'abandonner à son contact, il aurait juré que de petits crocs – ou bien étaient-ce des aiguilles baignées dans l'azote liquide ? – pénétraient la chair…

Sam31 s'ébroua. L'espace d'un instant, il sourit aux étoiles, goûtant au délicieux parfum de la victoire – car il avait gagné, c'était l'évidence, personne n'avait pu faire aussi vite que lui pour parvenir sur les toits !

Sam31 se moquait éperdument des larmes qui roulaient sur ses joues cramoisies. Chaque nouveau défi exigeait son prix et ni la température glaciale ni le vent vicieux qui soufflait sur les toits de Paris n'étaient importants en regard de l'éclatant succès qu'il allait pouvoir bientôt savourer.

Il serait le premier et son *live* allait sceller son éclatante victoire.

Sam31 avait atteint son but. Il était sur le point de gagner et comptait bien savourer, graver dans sa mémoire les ultimes moments qui précèderaient l'envol.

Ensuite, très vite, viendraient les réactions en chaîne sur les réseaux sociaux, l'effet viral, la multiplication à l'infini, la reconnaissance… avec en ligne de mire – même si l'on s'interdisait d'en parler avant qu'il coule à flot – l'argent du succès.

C'était l'une des sacro-saintes règles de la com' sur les RS[1] : ne jamais évoquer la course au fric et les difficultés à survivre quand on en manquait, mais ne pas oublier d'étaler son pognon sitôt qu'il était là et bien là. Histoire que ceux qui en manquent cruellement alimentent la source à grands coups de « like » et autres soutiens indirects.

Sam31 exhala un soupir de contentement. Assez rêvassé, il fallait maintenant agir ! En posant le pied sur le toit de l'immeuble, il s'était *illico* défait de son sac à dos. Il s'accroupit auprès du bagage et le vida pour étaler devant lui son précieux matériel. Tout en accomplissant des gestes mille fois répétés, Sam31 émit un ricanement satisfait.

Il se remémorait les ruses employées pour pénétrer dans cette grande enseigne du boulevard Haussmann. Il était parvenu à passer son barda sans éveiller la vigilance du mec de la sécu, le grand balaise qui roulait des mécaniques et se la jouait façon Tom Cruise avec son oreillette en évidence. Le gorille avait beau mater tout le monde de travers, tromper sa vigilance de pacotille n'avait pas été si compliqué, au vrai : Sam31 n'avait eu qu'à attendre sur le trottoir l'arrivée d'une fille assez jeune pour être sa compagne, poussant un gamin dans sa nacelle. Il avait suffi d'un sourire timide et de proposer ses services pour lui faciliter l'entrée. Ensuite, le

1. Réseaux sociaux.

plus jouissif : jeter un regard furibard au vigile quand il avait dévisagé la fille. Et hop ! le tour était joué. Comme prévu, l'autre abruti l'avait identifié comme un mec jaloux. Il avait aussitôt pris un malin plaisir à lui décocher un de ces sourires signifiant « laisse tomber, la mienne est plus grosse »… et il était si content de lui à cet instant qu'il en avait oublié de checker les sacs pour passer au client suivant.

Pour le reste, il avait fallu la jouer discrète en grimpant les huit étages sans attirer l'attention, se faufiler dans les bureaux interdits au public mais vides à cette heure, à la veille du réveillon, puis trouver l'accès aux combles, le libérer… et parvenir enfin à l'objectif – le foutu toit qui avait servi de piste d'atterrissage à Jules Védrines, le 19 janvier 1919. Premier atterrissage sur un immeuble de Paris, à bord d'un Caudron G3[1] et le tout sur « une piste » de vingt-huit mètres sur douze. C'était short pour un avion, mais royal au bar pour un drone.

Sam31 eut une pensée émue pour l'aviateur casse-cou. Sérieux, fallait être complètement éclaté pour tenter un truc comme ça !

Éclaté... comme toi ! ricana une voix dans sa tête. *Tu vas faire quoi, toi ?*

Cette fois, Sam31 laissa éclater sa joie.

Lui ? Ce qu'il allait faire ? Il allait faire décoller son drone depuis le toit, se filmer, cadrer en les survolant

---

1. Authentique. Charles Toussaint Védrines, dit « Jules », fut à cette occasion le premier aviateur à se poser sur les toits de Paris, à bord d'un biplan monomoteur, le fameux Caudron G3. Il empoche ce faisant la prime de 25000 francs promise par les responsables des Galeries Lafayette.

les toits alentour qui, à coup sûr, étaient encore déserts et il remporterait le défi. Sur ses images, on pourrait constater qu'il était le seul et que ses adversaires brillaient par leur absence.

Quand le drone fut prêt à décoller, Sam31 vérifia sur sa tablette que l'image enregistrée était d'une netteté irréprochable, puis il s'approcha du rebord de la toiture.

Une nouvelle bourrasque le gifla, ébouriffant sa chevelure blonde.

En contrebas, la rue bourdonnait. Ballet incessant des voitures, chorégraphie des bus, appels de phares, concert de klaxons et vociférations des chauffeurs et des piétons en guerre ouverte sur les passages cloutés. Les haut-parleurs diffusaient dans la rue des chants de Noël, alternant des créations mièvres avec quelques classiques américains repris par des artistes plus ou moins connus dans l'Hexagone.

Pour l'heure, Mariah Carey s'époumonait dans l'espoir de faire comprendre à l'élu de son cœur que tout ce qu'elle voulait pour Noël… c'était lui.

— Et moi, pouffa Sam31, *all I want for Christmas is that you* ferme ta gueule !

Très fier de ce qu'il considérait comme un trait d'esprit, sitôt sa vérification achevée, il fit décoller son drone et l'envoya voler au-dessus du boulevard. Il testa l'assise de l'appareil dans les courants d'air, vérifia que la résistance au vent était suffisante pour lui permettre de traverser l'artère sans encombre et de filmer les toits voisins, avant de revenir vers lui.

Sam31 avait décidé de terminer son *live* en apothéose, pilotant son drone d'une main, tout en saluant de l'autre. Il s'était entraîné à zoomer et dézoomer et allait s'offrir le selfie le plus réussi de la décennie.

Il enclencha la caméra, commença la diffusion et lança un vibrant :

— Salut, les éclatés ! C'est Sam31. Devinez où je suis ?

Sur l'écran, les abonnés du compte affluaient. Sam31 constata avec satisfaction que le compteur s'affolait. On allait battre des records, les scores étaient sur le point de s'envoler à leur tour…

Le rire éclata soudain dans son dos.

— Ho ho ho !

Sam31 sursauta. Le temps d'un battement de cils, il crut que la Terre s'effaçait sous ses pieds. On n'allait quand même pas s'arrêter là, être interrompu par un gardien et tout perdre, si près du but ?

Il résista à l'envie de se retourner pour identifier le trouble-fête et lança le drone vers les immeubles voisins pour prouver sa victoire.

Sur l'écran de contrôle, les images étaient parfaites.

Quand le choc éclata dans son dos, Sam31 était si concentré qu'il ne se sentit pas perdre l'équilibre.

Il ne revint à la réalité qu'en plissant les paupières, bras ouverts dans le vide, à la manière d'un Icare privé de ses ailes. Le choc avait été si violent qu'il avait soulevé le gamin du sol pour le projeter par-dessus la rambarde de sécurité.

Une main crispée sur sa tablette, l'autre ouverte dans une tentative dérisoire de freiner sa chute, Sam31 ouvrit la bouche sur un cri muet, qui jamais ne franchit la barrière de ses lèvres.

Son corps se disloqua entre le trottoir et la chaussée, dans un fracas épouvantable d'os brisés.

Livré à lui-même, le drone effectua des virevoltes saccadées, avant de partir en vrille et de s'écraser contre le chapeau métallique d'une colonne Morris.

Autour du corps, une abominable fleur de sang s'ouvrait.

D'abord frappés de stupéfaction, les témoins interdits levaient des mains fiévreuses devant leurs lèvres. On cherchait en hâte à masquer les yeux écarquillés des enfants.

Un cri étranglé s'éleva soudain, puis un autre…

Ce fut bientôt la cohue au pied des vitrines de Noël.

Sam31 n'eut pas conscience qu'il avait établi un record d'audience.

Et que la vidéo de sa chute intègrerait en quelques heures le tableau si convoité des retransmissions virales les plus partagées.

Il avait gagné, ce soir…

Mais il avait payé le prix.

*

— Putaaaaain, Mesnard ! beugla soudain Desnoyers. Tu nous les brises ! Baisse le son, bordel !

Dans le bureau aux dimensions réduites, l'enceinte déversait ses décibels, couvrant le bruit des touches de clavier du policier occupé à taper son rapport. Mesnard, coiffé d'un improbable bonnet de lutin, ouvrit les bras en signe d'apaisement.

— Calmos, Desnoyers ! fit-il tout en feignant d'empoigner une guitare invisible. Écoute plutôt le maestro !

Jaillissant de l'enceinte posée sur son bureau, la voix de Keith Richards, étranger à cette passe d'armes entre flics, poursuivait :

Run, run, Rudolph, Santa has to make it to town
Santa make him hurry, tell him he can take the freeway down
Run, run, Rudolph, I'm reeling like a merry-go-round[1].

— Sérieux, Mesnard ! soupira Desnoyers. J'en peux plus, j'ai besoin de calme, je veux finir ça et me rentrer dès que possible. C'est Noël, merde…

— Justement ! objecta Mesnard. C'est la tradition, mon bonhomme : on écoute des chants de Noël !

— Ça ? railla l'autre.

— Eh ouais. « Ça », c'est Keith Richards, le guitariste des Rolling Stones. Et « *Run, Rudoph, Run* » c'est un classique de Chuck Berry, qui…

— Qui ferait bien de la mettre en veilleuse ! intervint une voix puissante dans son dos. Classique ou pas, lieutenant Mesnard, vous allez me baisser le son et rapido ! On aimerait pouvoir s'entendre, dans cette turne.

Le bonnet de lutin s'étrangla. Il fit volte-face et, en identifiant deux de ses supérieurs, il se rua vers la

1. Cours, cours, Rudolph, le père Noël doit arriver en ville / Dis au père Noël de se dépêcher, dis-lui qu'il peut prendre l'autoroute / Cours, cours, Rudolph, je tourne comme un manège.

télécommande de l'enceinte, tandis que Keith Richards s'époumonait encore :

Said Santa to a boy, « Child, what have you been longing for?
— All I want for Christmas is a rock and roll electric guitar »
And then away went Rudolph whizzing like a shooting star[1]

Quand le haut-parleur n'émit plus qu'un murmure, Desnoyers laissa entendre un claquement de langue satisfait.

— Enfin ! Merci, patron !

De son côté, Mesnard n'en menait pas large.

— Faites excuse, bredouilla-t-il, mais c'est les fêtes et…

Le commandant chassa de la main un insecte imaginaire.

— Quoi de neuf ? demanda-t-il tandis que son adjoint feuilletait les dossiers déposés sur un bureau.

— La routine, soupira Mesnard. Quelques abrutis qui se chamaillent au sortir d'un bar, des échauffourées entre automobilistes – avec ce temps et les risques de verglas, feraient mieux de rester au chaud chez eux au lieu de venir jouer les kékés en ville et…

Le commandant lui signifia qu'il serait bienvenu d'abréger.

---

1. Le père Noël a dit à un garçon, « Petit, qu'as-tu demandé ? / — Tout ce que je veux pour Noël, c'est une guitare électrique rock and roll » / Et puis Rudolph est parti, aussi vif qu'une étoile filante.

Mesnard se souvint alors de la principale affaire du jour et s'empressa d'ôter son bonnet de lutin.

— Et puis on a le décès de ce gamin, boulevard Haussmann, bredouilla-t-il.

— Et c'est seulement *maintenant* que vous en parlez ? grogna le commandant en plongeant ses yeux bleu acier dans ceux de son subalterne. Un décès ?

Son adjoint s'était approché. Mesnard fut pris entre les tirs croisés du capitaine Agostini et du commandant Le Guen.

— Va falloir nous en dire davantage, lâcha le Corse.

Mesnard s'éclaircit la gorge.

Va surtout pas falloir déconner devant ces deux là ! fit une méchante petite voix dans sa tête.

Même si l'âge limite pour être poussé à la retraite commençait à montrer le bout de son groin malséant, le commandant Jean-Yves Le Guen n'était pas de ces flics sur le déclin, de ces hommes revenus de tout, cabossés par les écueils de la vie et par les difficultés inhérentes au métier de policier, au point de baisser la tête. C'était un homme d'expérience, qui se tenait droit dans ses bottes et faisait montre en toutes circonstances d'un esprit aussi clair que concis. Il n'était pas très grand, mais inspirait un respect instinctif à son auditoire : tout en épaules, l'homme avait ce regard bleu qu'on ne trouvait que chez les Bretons, des yeux qui pouvaient en une fraction de seconde passer de la franche sympathie au laser plus tranchant qu'un rasoir. Conscient de sa tâche et de ses responsabilités, il traçait son sillon au milieu des emmerdes sans jamais se laisser dévier. S'il lui arrivait parfois de « laisser aller »

– Le Guen s'était toujours attaché à faire la différence entre loi et justice –, il demeurait très bien vu par sa hiérarchie. Le Breton avait des méthodes parfois critiquables et un franc-parler qui ne lui avait pas attiré que des sympathies, surtout chez les politiques, mais ses résultats irréprochables jouaient en sa faveur. C'était en définitive ce que l'on peut appeler « un bon flic ».

Son adjoint, le capitaine Patriziu Agostini, en dépit de son âge – il rendait au bas mot vingt ans à son supérieur –, était le vieux de l'équipe. Il n'y avait pas sur Terre plus respectueux du manuel et de son application *stricto sensu*. Le Corse, en matière d'application des tables de la loi, était plus rigoureux qu'un pasteur calviniste rappelant les préceptes de la Bible. « Plus casse-burnes, aussi », s'empressaient d'ajouter la plupart de ses collègues. À sa décharge, Agostini n'était pas un donneur de leçons. Il faisait son travail, il le faisait bien, très bien même, en apportant un soin méticuleux en toute chose. Dans son genre et en dépit du fait qu'il n'était pas riant comme un pinson… Agostini était lui aussi « un bon flic ».

Et quand ils étaient ensemble, ces deux-là pouvaient se montrer redoutables.

Mesnard s'appliqua à résumer l'affaire.

— Samuel Toussaint, dix-neuf ans, sans emploi. Le gamin commence à gagner sa vie en…

— Vous disiez « sans emploi » fit Agostini avec un reniflement méfiant.

— Il a un job de môme, il est *YouTubeur*. Enfin, je veux dire… « il était ».

— Conditions de la mort ? intervint Le Guen.

— Il est passé par-dessus la rambarde de sécurité de l'immeuble des Galeries. Il s'est écrasé entre le trottoir et la chaussée.

— Vous ne pouviez pas nous en parler tout de suite ? lâcha Agostini.

— Ben… s'étrangla Mesnard. Pourquoi ?

— Vous avez une idée de la hauteur de ces barrières de sécurité ? Il ne vous est pas venu à l'esprit que le gamin n'était pas forcément tombé et qu'on pouvait l'avoir poussé ?

Mesnard demeura coi.

On avait dit « surtout pas déconner », ricana la voix dans sa tête. *Perdu !*

Sous ses yeux, Le Guen et Agostini s'étaient levés comme un seul homme.

— Je prends le volant, avait décrété le capitaine.

— Je m'occupe de la musique, avait répliqué Le Guen, peu enclin à céder du terrain à son adjoint.

*

Boulevard Haussmann, sur un toit situé juste en face des Galeries Lafayette, Toulkopanda peinait à se remettre de ses émotions. Il avait assisté à l'éclatante victoire de Sam31, avait songé avec amertume qu'il s'en était fallu de peu pour remporter la mise… *et puis tout s'était affolé.*

Il avait assisté, impuissant, à l'horreur absolue. Depuis, les images tournaient dans son esprit, à la manière d'un manège de fête foraine hors de contrôle envoyant voler les passagers en tous sens, dans un effroyable jeu de massacre.

Toulkopanda serrait convulsivement les mâchoires, incapable de chasser les images abominables qui le hantaient. Lui revenaient en flashs étourdissants les premiers mots de Sam31, puis les images retransmises par son drone…

Comprenant qu'il avait perdu la partie, Toulkopanda s'était approché du bord, pour tenter d'apercevoir son rival et, le cas échéant, lui adresser un doigt d'honneur amplement mérité. Il avait assisté à la manœuvre du drone, le moral en berne. La surprise l'avait tétanisé. Le corps de Sam31 était apparu soudain, au-dessus du vide. L'espace d'un battement de cils, il avait paru suspendu dans les airs…

Puis il avait chuté, comme une pierre, pour finir sa course folle sur l'asphalte.

Toulkopanda avait poussé un cri d'horreur. Saisi par l'effroi, il avait reculé précipitamment. Il avait titubé et s'était affalé sur le toit-terrasse de l'immeuble. Ses jambes ne le portaient plus, son cerveau, paralysé par l'atrocité du spectacle, refusait de réagir.

Il était resté un long moment, le visage giflé par les bourrasques glacées, et, passé la stupéfaction, avait trouvé la force de se remettre sur pied.

Depuis, il hésitait sur la conduite à tenir.

Que devait-il faire ?

Prévenir la police ?

C'était inutile. L'attroupement, en bas, était baigné des lumières de gyrophares. À n'en pas douter, les flics étaient déjà à l'œuvre.

Faire décoller son drone et offrir le spectacle du cadavre fracassé sur le sol ? Pousser le vice jusqu'à effectuer un vol au-dessus des immeubles voisins et remporter la palme ?

— La palme de l'enculé, ouais ! murmura-t-il entre ses dents. Si tu fais un truc aussi dégueulasse, t'es bon pour la honte. À vie !

La honte, songea-t-il, *sûrement. Mais pour un joli paquet de fric, aussi...*

Sur l'écran de son smartphone, les réactions étaient innombrables. Les compteurs de « like » s'emballaient. L'ultime vidéo de Sam31 se multipliait à l'infini, relayée par des milliers d'écrans numériques à travers le monde.

C'était peut-être l'occasion de marquer les esprits, de se faire connaître, de gagner le gros lot…

— Non, murmura-t-il. Laisse tomber…

La voix, derrière lui, le figea. C'était un rire d'ogre, puissant, sonore.

— Ho ho ho !

Lentement, Toulkopanda se retourna. Il voulut crier de stupeur, mais demeura pantelant. Devant lui, une silhouette monstrueuse masquait les étoiles. C'était gigantesque, silencieux. Ça approchait. Soudain, la… *chose* pencha la tête. Toulkopanda se perdit dans la contemplation des deux yeux gigantesques qui le considéraient sans aménité.

Quand la silhouette parut grandir encore et s'élever vers le ciel, Toulkopanda leva les bras dans l'espoir de se soustraire à la vision d'horreur. Il ferma instinctivement les paupières. Il perçut un grognement bestial, devina un mouvement.

Il ne ressentit pas la douleur quand les coups s'abattirent sur lui.

Il n'eut même pas conscience que son crâne explosait.

Il s'écroula sur le sol, sans plus de consistance qu'une marotte de chiffons.

Alors, ce fut la nuit.

Le silence.

*

Dans la voiture, Agostini serrait les dents. Il se sermonnait en silence, regrettant amèrement son excès de directivité. Pourquoi prendre le volant ? La réplique avait été sans pitié : Le Guen avait glissé un CD dans le lecteur. Sur la galette était gravée une sélection de chants de Noël. La mélodie qui s'élevait depuis dans l'habitacle sciait les nerfs du Corse.

Un crooner inconnu au bataillon susurrait :

You know Dasher and Dancer
And Prancer and Vixen
Comet and Cupid
And Donner and Blitzen
But do you recall
The most famous reindeer of all[1] ?

Et *baam* ! L'orgue qui démarrait, façon fête de patronage à la mode *yankee*…

Mains crispées sur le volant, Agostini peinait à dissimuler son agacement.

1. Tu connais Tornade et Danseur / Et Fringant et Furie / Comète et Cupidon / Et Tonnerre et Éclair / Mais te souviens-tu / Du renne le plus célèbre de tous ?

— On n'aime pas les chants de Noël, capitaine ? fit Le Guen goguenard.

— Si, commandant, je les aime beaucoup. Mais ça… c'est de la soupe. Et pas la meilleure !

— Nttt, nttt, ntt, fit Le Guen en secouant la tête.

Il savourait sa revanche et poursuivit :

— Chris Isaak. Grand interprète. Je ne m'en lasse pas.

Le musicien américain enchaînait :

Rudolph the Red-Nosed Reindeer
Had a very shiny nose
And if you ever saw it
You would even say it glows[1].

Agostini gara la voiture avec soulagement, non loin de l'entrée du bâtiment. Son calvaire prenait fin. Surprenant sa mine réjouie, Le Guen s'empressa de lui dispenser la douche froide.

— Partie remise, capitaine. N'ayez crainte : on s'écoutera la suite en rentrant.

En approchant des lieux du drame, ils furent satisfaits de constater que les patrouilleurs avaient dressé un cordon de sécurité autour du corps. Les hommes de l'I. J.[2] intervenaient déjà, procédant aux prélèvements de rigueur.

Agostini les salua au passage, il écouta le rapport succinct, transmit les informations à son supérieur

---

1. Rudolph le renne au nez rouge / Avait un nez très brillant / Et si jamais tu l'as vu / Tu dirais même qu'il scintille.

2. Identité judiciaire. Il s'agit de la police scientifique, chargée d'effectuer tous les prélèvements nécessaires aux éventuelles enquêtes, à la suite de morts violentes et/ou suspectes.

puis les deux officiers de police rejoignirent le toit, où d'autres hommes procédaient aux recherches.

— Alors ? demanda le commandant en avisant le responsable de la section.

L'autre baissa le masque qui lui recouvrait le bas du visage et lui serra chaleureusement la main.

— Incompréhensible, avoua-t-il. La rambarde est solide, elle est haute... Soit le gamin a sauté, soit on l'a balancé en l'attaquant par surprise. On va étudier les enregistrements de sa tablette, si on arrive à récupérer les données sur le disque dur, mais je n'y crois pas, vu l'état du matériel après un tel plongeon...

Le Guen accusa réception d'un grognement entendu.

— On vous laisse bosser, on retourne au bureau, histoire d'analyser les vidéos du Net.

Ils allaient quitter le toit quand un cri étouffé les arrêta dans leur élan.

— Quoi ? demanda Le Guen en rebroussant chemin.

— C'est dingue, déclara l'un des scientifiques d'une voix mal assurée. On dirait qu'il y avait foule, ici. Je vois des traces partout. Des traces énormes...

— Peut-être un groupe de costauds ? hasarda Agostini. Ce qui expliquerait qu'ils aient pu envoyer voler le môme dans les airs...

— Probable, répliqua l'autre. Je vous transmets le rapport dès que les prélèvements sont achevés.

— Ça marche, lança Le Guen par-dessus son épaule.

Sitôt de retour dans le véhicule de fonction, le commandant mit sa menace a exécution.

— C'est pas réglo, marmonna Agostini. Vous avez pris le volant.

— L'esprit de Noël, ricana le Breton, l'esprit de Noël, capitaine Agostini. J'avais promis qu'on s'écouterait la suite. Savourez !

Le Guen remit le contact, Chris Isaak reprit illico sa ritournelle sirupeuse :

All of the other reindeer
Used to laugh and call him names
They never let poor Rudolph
Join in any reindeer games
Then one foggy Christmas Eve
Santa came to say
« Rudolph, with your nose so bright
Won't you guide my sleigh tonight[1] ? ».

Le Corse ne prononça plus un mot jusqu'au retour dans les locaux de la P. J.[2].

*

Affalé sur le revêtement de cuivre, grelottant et hagard, AdriB était en état de choc.

---

1. Tous les autres rennes / Avaient l'habitude de rire et de l'insulter / Ils n'ont jamais laissé le pauvre Rudolph / Participer à tous leurs jeux / Puis une veille de Noël brumeuse / Le père Noël est venu dire / « Rodolphe, avec ton nez si brillant / Ne guiderais-tu pas mon traîneau ce soir ? ».

2. Police judiciaire.

Le spectacle effroyable auquel il venait d'assister, depuis son abri sur un toit du boulevard Haussmann, l'avait laissé sans voix ni force. Il gisait au sol, les fesses sur les dalles gelées, dos appuyé contre le mur.

Il claquait des dents et son esprit refusait d'enregistrer les informations.

Max, son frère Max, venait d'être massacré sous ses yeux dans un formidable déferlement de violence.

Le cauchemar – parce qu'il ne pouvait s'agir que d'un cauchemar, n'est-ce pas ? De telles horreurs n'existaient pas, nul ne pouvait commettre des crimes aussi atroces… – le laissait ahuri, les yeux écarquillés sur la silhouette recroquevillée de Max dont la tête n'était plus qu'une bouillie d'humeurs et d'ossements.

AdriB était comme hypnotisé par le nénuphar de sang qui s'ouvrait sous la dépouille, sur les dalles recouvertes d'une fine plaque de givre. Il se frotta les joues, comme pour chasser au loin cette vision qui lui mettait le cœur au bord des lèvres.

Tout ça n'est pas possible.

Cela ne se pouvait pas…

Il sentit monter la douleur dans sa poitrine et revint soudain à l'effroyable réalité.

Il libéra alors un cri semblable à la plainte d'un animal à l'agonie.

*

— Les réseaux sociaux ? croassa Le Guen. *Sérieusement* ?

— Hélas, commandant, soupira Agostini. Aujourd'hui, les mômes sont accros. Ils rêvent tous d'exister et s'épuisent à cavaler derrière la reconnaissance virtuelle.

— Et quand ils se confrontent à la réalité, s'esclaffa Mesnard depuis son poste informatique, ils perdent pied – ils passent par-dessus les rambardes.

Le regard que lui décocha Le Guen eut raison de son hilarité déplacée.

— La suite, articula le Breton.

— Oui, patron. Alors, ce qu'on a pu établir, c'est qu'un défi a été lancé via les réseaux sociaux.

— Un *défi* ? répéta Le Guen.

— Simple : le premier qui parvient sur un toit d'immeuble boulevard Haussmann et poste des images sur les RS l'emporte.

— Il remporte quoi ?

— Le défi. Il n'est même pas question d'argent.

— Les gosses risquent leur vie pour rien ?

— L'argent vient après, répondit Agostini. Plus on possède d'abonnés sur un compte, plus ce dernier est monétisable. De plus, les débutants courent après la reconnaissance.

— Comment prouver qu'on est le premier ?

— En postant des images des autres toits.

— Ça explique le drone.

Le Guen s'approcha de l'écran de Mesnard. Les vidéos qu'on y relayait étaient insoutenables. En bordure d'image, on devinait Sam31, entre la surprise et la terreur, et l'on suivait, dans une terrible plongée capturée par son drone, sa chute abominable.

Le Guen tapota l'écran.

— On n'aura pas mieux comme définition ?

— Non, patron, s'excusa Mesnard.

— On ne peut donc pas identifier ceux qui l'ont balancé…

— Il peut avoir plongé, objecta Desnoyers.

— Vu sa tête, ça m'étonnerait. Le gosse est stupéfait.

Le Guen fixa sur l'écran l'image arrêtée de Samuel Toussaint.

— Dix-neuf ans, murmura-t-il. Capitaine Agostini ? Il s'agit d'un défi, ce qui signifie que d'autres vont tenter de le relever. On y retourne et on sécurise tous les toits des alentours.

— Patron ? fit soudain Desnoyers qui venait de décrocher le téléphone du bureau.

— Oui ?

— Les gars dépêchés sur place ont été alertés par des voisins, à cause du barouf sur leur toit-terrasse. Ils ont retrouvé un corps…

— Eh merde !

Quand la voiture arriva enfin au pied de l'immeuble, Le Guen et Agostini rejoignirent au plus vite les toits de la bâtisse. Les membres de l'I. J. travaillaient avec leur méticulosité proverbiale. Ils avaient circonscrit tout le périmètre. Un officier invita poliment mais fermement les deux hommes à demeurer sur le palier sans franchir la porte qui menait à la vaste terrasse.

— C'est grave à ce point-là ? s'enquit Le Guen.

— Sacrée dérouille[1]… soupira son interlocuteur. En trente ans de métier, j'avais jamais vu un tel massacre.

1. Terminologie employée par les hommes du 36.

Agostini se dressait sur la pointe des pieds pour tenter d'avoir vue sur la scène de crime. Il y parvint et ne put retenir une grimace.

— Il a pu être victime d'une bande organisée, nota-t-il. Pour réduire une tête en bouillie, il faut s'acharner sur le cadavre à coups de battes de base-ball…

— Ou de barres de fer, ajouta le légiste, compte tenu du résultat. Regardez le pauvre gosse : c'est de la purée. Au vu des blessures, il est probablement mort sur le coup, mais ses agresseurs ont continué de frapper. Je n'avais jamais constaté une telle sauvagerie.

— Folie meurtrière, murmura Le Guen. Drogue de combat ?

— Allez savoir ! De nos jours, plus rien ne m'étonne. Des gamins de douze ans s'entretuent à l'arme blanche pour un portable ou un regard de travers, alors quand on sait les enjeux financiers de certains réseaux sociaux…

Agostini allait intervenir quand son portable vibra dans une poche de sa veste. Il répondit brièvement à l'appel, puis raccrocha.

— Patron ? On en a retrouvé un autre.

— Dans cet état, lui aussi ?

— Pareil…

Le Guen avisa la mine de son subalterne et leva un sourcil intrigué.

— Mais ? avança-t-il pour encourager le Corse à poursuivre.

— Cette fois, les gamins étaient deux à monter. Et il y a un survivant. C'est à deux pâtés de maisons.

— On fonce.

*

Dimanche 25 décembre, 6 heures du matin, hôpital de la Salpêtrière, soins psychiatriques intensifs

Le seul survivant de la nuit d'effroi était prostré dans un coin de la chambre. Il serrait ses genoux contre sa poitrine et fixait un point invisible, quelque part au-delà du plafond.

— Il est en pleine crise psychotique. Il a refusé les cachets et arraché les cathéters. On attend que la dose fasse effet.

— Il n'a parlé à personne ?

— Si, à tous ceux qu'il a croisés depuis son arrivée dans le service. Il prétend qu'un clown gigantesque les a agressés, lui et son ami.

— Un *quoi* ? Vous avez procédé à des analyses ?

— Négatifs.

— Vous n'avez rien fait ? s'étouffa Le Guen.

— Bien sûr que si, commandant ! Mais ces tests sont négatifs. Aucune trace d'alcool ou de stupéfiants dans le sang de cet adolescent. Il faut chercher ailleurs la source de sa crise de psychose hallucinatoire.

— Autre chose ?

— Oui, avoua le praticien comme à regret. En écoutant ses commentaires délirants, on pensait qu'ils avaient été attaqués par des nostalgiques du film *Orange mécanique*, ou des hommes grimés façon Halloween… mais il a réclamé du matériel et il a dessiné ça.

Le Guen ne put réprimer une grimace en découvrant le croquis. Sur la feuille, à traits grossiers et nerveux, semblables à des coups de couteau sur de la chair, le patient avait dressé le portrait d'une créature difforme, dont le corps était cerné par les flammes. Des bois jaillissaient de son crâne, dessinant des ailes guerrières de part et d'autre du masque de guerre qui couvrait son mufle. Ce dernier semblait éclaboussé de sang.

— Encore un qui a trop écouté Chris Isaak, fit Agostini *in petto*.

Le regard glacial que lui coula Le Guen ramena *illico* le Corse à plus de retenue.

Ils retournèrent dans la voiture.

— Sans déconner, lâcha tout de go le capitaine, ce gamin est secoué. Il a dessiné…

— Un renne, oui, j'ai vu.

— Ce qui désignerait le père Noël comme coupable ! s'exclama Agostini. On est chez les fous, patron, et j'espère que ça n'est pas contagieux…

— Ce qui désignerait Rudolph comme coupable, corrigea Le Guen.

— Vous êtes sérieux ?

— Vous me prenez pour qui ? On va attendre qu'il redescende et on l'interrogera de nouveau. On finira bien par coincer les malades responsables de ce carnage.

*

La surprise attendait les deux hommes au bureau. Mesnard leur présenta un dossier sitôt qu'ils eurent franchi la porte.

— L'I. J. m'a envoyé ça, expliqua-t-il. Ça m'a paru…

— Quoi ? aboya Le Guen, que cette affaire de tueurs d'adolescents mettait à la torture.

— … dingue, acheva Mesnard. Ils ont trouvé tout un fouillis de traces sur le toit.

— Je sais, j'y étais. Et donc ?

— La plupart seraient d'origine animale.

— De quel type ?

— Ils ne savent pas, ils n'en avaient jamais vu, mais *a priori* des ongulés.

— Ils n'ont quand même pas fait monter des chevaux sur le toit ! s'emporta le commandant.

— Ou des rennes, tant qu'on y est, fit remarquer Agostini. Je sais que la période s'y prête, mais c'est du délire.

— On va finir par croire au père Noël, à force d'entendre toutes ces conneries ! grommela Le Guen.

N'y tenant plus, il sortit dans la rue, extirpa de sa poche un paquet de cigarettes informe ; il en piocha une, qu'il alluma en levant le nez vers les étoiles. La longue colonne de fumée bleutée qu'il exhala passa devant son nez en se contorsionnant davantage qu'une professionnelle de *pole dance*.

— Qui vous dit que je n'y crois pas déjà ? déclara Agostini dans son dos.

Surpris par la réponse – Agostini n'était pas du genre à entretenir la moindre nostalgie pour l'enfance –, Le Guen étudia le profil du Corse. Il finit par lever le nez dans la même direction que lui et étudia à son tour le ciel sans nuage.

— Merde…

Patriziu Agostini se détourna et frotta ses paupières.

Au vrai, il venait d'être victime d'une hallucination.

Il n'en aurait certes pas juré… mais il avait eu la très nette impression d'avoir entraperçu, au loin, un objet volant aux allures de traîneau.

Le Guen écrasa sa cigarette d'un coup de talon ajusté.

— Je crois qu'il est temps qu'on se rentre, marmonna-t-il.

— Ouais. Moi aussi, je suis claqué.

Ils retournèrent à la voiture de service. Le Guen renonça à déclencher la sirène pour fendre la foule des automobilistes en quête de cadeaux de dernière minute. Beau joueur, Agostini le laissa allumer le lecteur de CD. Il regretta sa décision dans la seconde qui suivit. Une voix rocailleuse beuglait « *Run, Rudolph, Run !* » en s'accompagnant de ce qui s'apparentait à la déflagration d'un réacteur de jet au décollage.

— Putain, râla-t-il. C'est qui, cette fois ?

— Lemmy, fit Le Guen, laconique.

— Qui ça ?

— Lemmy Kilmister, le bassiste chanteur de Motörhead. Pour l'occasion, il est accompagné par Billy Gibbons, le guitariste chanteur de ZZ Top et par Dave Grohl l'ex-batteur d…

— Je connais vaguement ZZ Top, coupa Agostini. Mais d'habitude, ils font de la musique.

— Ne blasphémez pas, capitaine. C'est de Lemmy qu'il s'agit.

Agostini demeura un instant silencieux, puis revint à la charge :

— Comment vous connaissez tout ça, commandant ?

— J'aime la musique. Toutes les formes de musique. On peut être flic et se passionner pour autre chose que le Code pénal.

Agostini se contenta de hocher la tête.

Non sans avoir tendu la main pour baisser le volume de deux crans.

Je t'en foutrais, de l'esprit de Noël ! songea-t-il.

Dans la voiture, le trio infernal poursuivait son déferlement de violence musicale, à grand renfort de décibels.

*

25 décembre, 7 heures du matin, pôle Nord

— Je ne sais pas ce que tu as encore fait, râla la mère Noël, mais Rudolph a le nez cramoisi.

— Tu sais ce que c'est, ma chérie. Il est prêt à tout pour que les cadeaux arrivent en temps et en heure. Quitte à dégager les obstacles qui se dressent sur son chemin, afin de ne pas perdre un instant. Il se sera cogné, voilà tout.

— Tu es certain qu'il n'y a pas eu d'accident ? Ça m'a l'air sérieux, cette fois.

La mère Noël s'approcha du renne de tête. Elle fronça les narines en étudiant le museau et les sabots de Rudolph. Elle aurait juré que le rouge était parsemé ici ou là de mèches sombres et de ce qu'elle identifia comme une myriade d'éclats osseux.

— Chéri ?

— Oui, mon ange ?

— Tu es sûr que vous n'avez pas croisé d'animaux en forêt ?

— Mais non, voyons, je m'en serai aperçu !

Elle considéra l'amour de sa vie et eut à son intention un sourire d'une exquise douceur.

Puis elle songea qu'il faudrait d'urgence lui procurer de nouvelles lunettes.

Et vérifier l'état de son sonotone.

— Viens, dit-elle, rentrons au chalet.

Le père Noël ne se le fit pas dire deux fois.

La tournée, une fois encore, s'était bien passée.

Il acheva de libérer les bêtes du traîneau, qui s'éloignèrent au pas, pour divaguer entre les arbres aux cimes enneigées.

Rudolph fut le premier à brouter.

Son museau, sur la neige, laissait des étoiles rubis.

Pour mes fils Elric et Adriel,
qui j'espère me pardonneront
ce que je leur ai fait subir ici.
Joyeux Noël à tous.
Vous avez une suggestion
de bande-son au fil de ces pages !
JLB

La Dodecalogia dell'orrore
par Olivier Norek

Chapitre 1

Paris, 24 janvier 1922

À l'arrière du taxi qui traversait la capitale, le célèbre et controversé réalisateur italien Luciano Fermonte gardait sa main fermement posée sur la bobine de son film : *La Donna assassinata – Una terrificante storia di Natale*[1], le cœur noué, comme avant chaque grande première.

Il en avait fait porter une copie, la seule existante, quelques jours plus tôt par son homme de confiance, à l'attention des bruiteurs et doubleurs, afin qu'ils puissent répéter et caler à la perfection les sons sur les images.

Le cinéma muet, avant de devenir parlant, fut d'abord sonore. Le niveau de réalisme sidéra le public, lorsque, avec les images, on offrit aux spectateurs médusés le son. Mais puisqu'il n'était pas encore possible d'enregistrer les deux dans un même temps et sur une même bande, les sons n'étaient alors

1. *La Femme assassinée – Un effroyable conte de Noël.*

restitués qu'en coulisses, par des bruiteurs. Certains, tel Barat, en devinrent des experts, reconnus et courtisés, comme le mentionnait le journal que Fermonte avait feuilleté sur le trajet dans ses pages « Culture et spectacles » :

> *À l'Omnia-Pathé, et grâce à un attirail fort simple, Barat, le plus doué des bruiteurs de Paris, est capable de recréer à s'y méprendre tous les bruits imaginables ! Les vagues de l'océan avec une sphère de tôle contenant des plombs de chasse ; tous les vents possibles depuis la brise légère jusqu'à la tempête avec des cordes tendues sur une toile métallique ; sans parler des cloches et des coups de feu !*

Ces bruitages, joués à la seconde près, s'avéraient si troublants de vérité qu'il fallut même prévenir le public. Ainsi, sur les affiches, on avertissait les âmes sensibles : *« Bruits de coulisse ! À la demande des familles, la production a décidé de supprimer les coups de feu qui effraient les bambins nerveux et déplaisent à toutes les dames. »*

« *Che sentimentalismo !* » enrageait Fermonte. Si d'inoffensifs coups de feu terrorisaient déjà dames et bambins, dans quel état les retrouverait-on si, d'aventure, ils assistaient à la projection de l'un de ses films ? Syncopes, évanouissements et arrêts cardiaques seraient à prévoir, car tout était encore inédit dans l'horreur et l'épouvante. Et même si ce courant cinématographique, dont Luciano Fermonte était un des précurseurs, n'avait pas encore de nom, il était déjà chassé des salles obscures. Voilà pourquoi dans le journal posé à son côté dans le taxi ne faisait aucune mention de sa première, au nom d'une morale étriquée. Une *censure*, pour le dire enfin sans hypocrisie.

Mais tentez d'interdire, et voyez comment l'interdit se contourne. Et c'est ainsi qu'à force de prohibitions et de bannissements naquit une mouvance clandestine. Dans le plus grand secret, entre amateurs, experts ou simples curieux, on s'échangeait à voix basse les lieux et les horaires, les bons contacts et les programmes des salles qui, en projections privées, bravaient les bonnes mœurs. Fleurit alors cette contre-culture marginale aux titres évocateurs qui promettaient le frisson tant recherché.

Un œil sera crevé dans *Le Regard de la Mort*. Un corps sera jeté d'une falaise pour s'écraser sur les rochers dans *La Compagne du Diable*, et une tête sera tranchée dans *La Nuit maudite*.

Et depuis quelques semaines, Paris bruissait de rumeurs, car ce soir, tard, dans un théâtre qu'un drap blanc tendu en guise d'écran transformerait en cinéma, serait diffusée *La Donna assassinata – Una terrificante storia di Natale* du sulfureux – et non moins génial – Luciano Fermonte, venu exprès de San Remo pour assister à la première française, se repaître de cris d'effroi, et pour laquelle je vous ai pris un billet d'entrée.

Chapitre 2

Luciano Fermonte était considéré par la presse internationale comme un pervers et un malfaisant, prompt à dévoyer une génération entière et à traumatiser la suivante. Pourtant, ce n'était pas l'opinion de la presse outragée – dont il n'avait cure – qui inquiétait le maestro de l'épouvante, mais bien la qualité des bruitages qui allaient, ce soir, accompagner son œuvre lors de sa première française.

Consciencieux, il inspecta alors cette fameuse machine à bruits, que la société Pathé avait déjà vendue à travers le monde, de Calcutta à Londres, de Melbourne à Vienne et de Budapest à Singapour. Un imposant meuble en chêne, dont la face avant comportait des boutons, des manivelles et une pédale actionnant un soufflet, pour réaliser l'illusion parfaite d'une corne d'incendie, d'une sirène, d'une voiture, du bois cassé ou de la vaisselle brisée. Tout autant de sons dont Fermonte n'aurait pas particulièrement besoin.

Dans la coulisse, il chercha alors du regard celle qui ferait toute la différence. Il n'en avait aucun doute, son actrice avait été prodigieuse, et la manière dont elle avait su jouer l'horreur et l'effroi, avec ce regard qui se fige face au souffle glacé de la mort était, sans prétention, inégalée. Mais celle qui, dissimulée dans la coulisse, lui offrirait ce soir sa voix saurait-elle être à la hauteur ?

Elle était là, concentrée, un thé chaud noyé de miel entre les mains pour préparer ses cordes vocales, prête à s'égosiller, à hurler comme l'aurait fait l'actrice. Le noir se fit et chassa le brouhaha d'impatience des spectateurs.

« Le silence, avant la peur, c'est déjà de la peur », assurait Fermonte.

Quelques images noires tressaillantes. Vint enfin la lumière.

Une porte s'ouvre. Le bruiteur l'accompagne d'un grincement, comme il le fait d'un tapotement pour ces pas dans un couloir qui mène à un salon, où une femme est affairée à dresser la table de Noël. La musique d'un gramophone l'accompagne et la fait danser. Autour d'elle, de nombreux paquets cadeaux enrubannés jonchent le sol. Une ombre longiligne et menaçante se dessine sur la nappe blanche. Elle se retourne, voit son assassin, un long couteau dans une main. Le visage de celui-ci, grâce à d'audacieux effets spéciaux, semble brûlé partiellement sur tout le profil gauche. Les traits de la condamnée dessinent sa surprise, elle regarde ailleurs, hors champ, semblant chercher une issue. Elle lève les bras devant elle en une faible défense, puis se met à courir. Sa robe bouffante la gêne et, rapidement, le prédateur la rattrape et plante dans son dos, au bas des reins, sa large lame avant de la ressortir, rouge, on ne peut que l'imaginer. La bouche de l'actrice s'ouvre grand, elle hurle, et avec un bon quart de seconde de retard, la crieuse de coulisses pousse un cri ridicule, comme si au milieu de ce dernier, elle s'était étranglée avec un biscuit.

Fermonte fulmina de tant de médiocrité. En plus de la *Donna*, c'est son film que l'on assassinait aussi. Mais la salle ne lui en tint pas rigueur, les images, seules, firent leur effet.

À l'écran, la *Donna*, mortellement blessée, se retourne incrédule, et finit par s'effondrer sur un matelas de cadeaux écrasés. L'assassin s'agenouille devant elle, lève haut son arme, cherchant maladroitement à orienter la lame pour offrir un reflet à l'objectif du cinématographe. Puis il la replante au bas du ventre, pour remonter en cisaillant, jusqu'en haut du cou. Et la jeune femme s'époumone en silence à l'écran, la face déformée, actrice exceptionnelle, performance déconcertante.

Tout autant d'adjectifs que ne mérita pas la crieuse de coulisses qui, jouant ce cri d'une dizaine de secondes, laissa échapper une pâle imitation qui tenait davantage du nourrisson en pleine poussée dentaire. Et le verdict de la salle trancha comme un juge intransigeant d'un éclat de rire général.

*

Fermonte, anxieux, s'était posté sur le trottoir d'en face et regardait, à la faveur des réverbères, sortir les spectateurs dont certains affichaient encore un large sourire. Il entendit même à la volée, coupants comme des éclats de verre, les mots de « bouffonnerie » et de « farce ».

— Ne soyez pas sévère avec eux, Luciano, lui conseilla son cher ami, un Français du nom de Jean-Jules Popinot qui le logeait amicalement lors de ses visites parisiennes – le maestro ayant en horreur la solitude des chambres d'hôtel.

— Sévère avec le public ? répéta Fermonte. Cela reviendrait à être sévère avec mes lacets lorsqu'ils se cassent. Ils n'y sont pour rien. Le public non plus. Je sais bien qui blâmer, n'en doutez pas.

Il aurait fallu, à ce moment, avoir un siège dans la salle obscure de ses pensées pour assister aux tortures qu'imaginait Luciano afin de faire hurler avec un peu plus de crédibilité cette maudite crieuse de coulisse qui avait ruiné son travail en deux beuglements lamentables. Malheureux, l'Italien ne semblait même pas vouloir aller dîner, au grand dam du gourmand Jean-Jules Popinot. Si gourmand qu'il ne prit pas ce refus pour acquis.

— Connaissez-vous Théophraste Brandicourt ? On le dit élève de Barat, le maître bruiteur parisien. On le dit même avoir surpassé son professeur. Il doit, à n'en pas douter, connaître de belles voix à auditionner !

— Pensez-vous qu'il pourrait être intéressé ? Mon art fait parfois l'objet d'une violente aversion, ce qui ne facilite pas les collaborations.

— Me croiriez-vous si je vous assurais qu'il est un de vos plus fervents admirateurs et que je l'ai vu ce soir dans la salle ? Accordez-moi l'honneur de vous mettre en relation. Et accordez moi aussi, je vous en supplie, de vous faire découvrir un petit restaurant des Halles dont les pieds de cochon panés vous feront un temps oublier vos déboires.

Aussi simplement que cela, les choses furent entendues. Fermonte enverrait à ce Brandicourt, et sans attendre, la bobine de son film, accompagnée d'un gramophone enregistreur, cette invention qui leur permettrait d'échanger, malgré la distance de Paris à San Remo.

Popinot, tout à son impatience, prit quelques pas d'avance, et le maestro laissa enfin libre cours à une quinte de toux qu'il avait réprimée la soirée durant, tachant de larges auréoles de sang le mouchoir blanc qu'il avait comprimé sur ses lèvres.

Chapitre 3

Théophraste Brandicourt s'offusquait lorsqu'on le qualifiait de « bruiteur ». Bruiteur ! Quel mot réducteur ! Les bruiteurs font, au mieux, du bruit ! Lui se considérait davantage comme un imitateur. Imitateur de la vie.

L'oreille avertie, il passait de longues heures à écouter le monde, et à isoler les sons dans le brouhaha quotidien. Les frottements, les frôlements, les claquements, les détonations, les grattements, les craquements, les ronronnements, les frictions, les envols, les courses, les sifflements, les bourdonnements, les sons pleins, les creux, les solidiens, les liquidiens, les métalliques et les boisés pour n'en citer que quelques-uns.

Il analysait les modulations, les inflexions, les intonations, leurs accents et leurs échos pour imaginer ensuite comment un son pouvait en contrefaire un autre. Comment un simple parapluie pouvait épouser les images d'un oiseau qui prend son envol, ou comment un simple bout de tissu, tendu fortement et en rythme, copiait à s'y méprendre celui d'un battement de cœur.

Théophraste était ainsi sollicité partout dans la capitale et à travers la France. Mais lorsqu'il n'était pas dans l'un ou l'autre des cinémas du pays, ou à vagabonder dans les rues, à l'écoute d'un monde qu'il préférait écouter que voir, l'imitateur s'enfermait chez lui, dans une maison des hauteurs de Montmartre. Une maison bien jolie vue de la rue, pour un passant en balade. Mais il suffisait d'ouvrir la porte, pour autant qu'elle ne soit pas bloquée par quelques objets étranges et encombrants, pour pénétrer dans un capharnaüm indéfinissable où s'accumulait un tout et n'importe quoi de bidules et d'engins, de jouets et d'ustensiles du quotidien, en hautes piles, en colonnes de boîtes pleines ou, plus simplement, en tas informes.

Le matin, obligé de serpenter entre les obstacles, de se courber ou d'enjamber, il se promettait de faire du tri, et le soir, les bras chargés de ses trouvailles de la journée, il en rajoutait immanquablement. Le rez-de-chaussée était encombré jusqu'à saturation, sa chambre à l'étage n'allait pas tarder à déborder, et il lorgnait désormais avec résignation vers le dernier espace libre : sa cave.

*

Après les triples séances du samedi soir du *Ciné Max Linder*, boulevard Poissonnière, où se jouaient *Les Maris aveugles* de Von Stroheim, le *J'accuse* d'Abel Gance et, pour le bonheur des plus petits, *Le Signe de Zorro* de Fred Niblo, Théophraste, épuisé, se fit déposer devant chez lui par un taxi, et découvrit avec étonnement une énorme boîte en bois posée sur le pas de sa porte et qui devait en faire la taille, juste un peu moins, assez pour qu'avec beaucoup d'efforts, il puisse la faire glisser jusqu'à l'intérieur.

À quelques mètres de là, un homme de grande taille et costaud comme un lutteur terminait une cigarette, adossé au mur de la maison voisine. L'inconnu remonta le col de son lourd manteau et le rejoignit en deux enjambées. Malgré la nuit, Théophraste reconnut sans une hésitation l'acteur de la *Donna assassinata* qu'il avait vu quelques jours auparavant, car son visage portait de grandes marques de brûlures sur tout son profil gauche, exactement comme dans le film.

Une étrange boîte et un mystérieux visiteur.

Un certain Jean-Jules Popinot l'en avait averti, mais il s'était aussi targué d'être un bon ami du célèbre Luciano Fermonte, ce que Théophraste Brandicourt avait eu un peu plus de mal à croire. Fermonte, le génie dégénéré de l'horreur, le maestro dépravé de l'épouvante, l'artiste le plus éclairé au service de la noirceur de l'âme. Serait-il possible alors que ce Popinot ne soit pas le vantard qu'il avait imaginé ?

L'inconnu se présenta en italien et, ne connaissant pas cette langue, Théophraste ne sut quoi répondre. L'autre fouilla alors l'intérieur de son manteau pour en sortir une enveloppe qui, une fois décachetée, révéla une lettre manuscrite. Si Brandicourt s'interrogeait encore sur l'authenticité de l'expéditeur, la signature de Fermonte en bas de la lettre balaya tous ses doutes.

La porte une fois ouverte d'un tour de clés, l'homme au visage brûlé posa fermement ses deux mains de chaque côté de la boîte et la poussa sans efforts à l'intérieur, renversant une bonne partie des équilibres fragiles du bazar de Théophraste. Pour le remercier du service rendu, ce dernier revint avec deux verres et une bouteille de vin blanc, pour découvrir qu'il ne restait plus que l'imposant présent dans l'entrée et plus personne dans la rue. Bizarre. Et surtout excitant. Il décida de commencer par la lettre, qu'il découvrit avec plaisir rédigée dans un français irréprochable.

San Remo, le 9 février 1922

Cher monsieur Brandicourt,

C'est sur les conseils avisés de M. Jean-Jules Popinot que je viens à vous en dernier espoir. J'ai cru comprendre que vous étiez de ceux, moins obtus que d'autres, qui comprenaient mon travail, sa portée et son but. La vie n'est merveilleuse que par sa fragilité et son éphémérité, et filmer la mort, même si elle est jouée par des acteurs et des actrices, sous tous ses angles, par toutes les manières, ne devrait susciter en nous qu'un extraordinaire sentiment d'exister « più forte *».*

Malheureusement, les images que j'ai pu tourner sont orphelines du son qui devrait les accompagner. Un jour, peut-être, des ingénieurs découvriront la manière de capter les deux en même temps. Mais ce jour semble bien loin, peut-être même plus loin que le nombre d'années qu'il me reste à vivre.

Vous trouverez dans ce que je vous ai fait envoyer la bobine de mon dernier film, La Donna assassinata *dont vous avez, m'a-t-on dit, été spectateur. J'y ai ajouté un gramophone et quelques disques qui n'attendent que d'être gravés et qui vous permettront, je l'espère, de répondre à ma requête.*

Cherchez et enregistrez celle qui offrira sa voix à mon actrice. Je ne poursuis qu'un seul but, trouver le cri qui lui rendra l'hommage que sa performance exige. Ce cri qui la rendra éternelle. Je pourrais enfin, avant que la mort ne frappe à ma porte, entendre l'image et le son, comme ils ont toujours existé dans mon esprit. J'ai subi trop de massacres par trop d'amateurs et votre prix sera le mien. Si le résultat venait à me convenir, je m'engage à vous installer à San Remo, si le cœur et la curiosité vous en dit, pour devenir officiellement mon seul et unique « imitatore della vita *», comme vous aimez appeler votre profession.*

Con la mia profonda gratitudine,
Spero di sentirvi presto,

Luciano Fermonte.

*

Le craquement du bois, le grincement des clous que l'on arrache, et la boîte fut ouverte. Théophraste déménagea tout son contenu vers sa cave, le seul endroit libre et dont les murs humides et aveugles le prévenaient de tout curieux.

Fallait-il que Fermonte soit bien renseigné pour savoir qu'il avait déjà un cinématographe à sa disposition, un vieil appareil défectueux qu'il avait pourtant acheté à prix d'or et qu'il avait nuit après nuit réparé. Ainsi, il lui arrivait d'emprunter les films qui seraient prochainement à l'affiche afin de s'entraîner pour que les sons soient parfaits, et qu'à force de répétitions ils collent exactement à l'action.

Il installa la bobine et la rejoua pour lui seul. Une sensation de privilège l'envahit alors, d'être l'unique spectateur d'un des chefs-d'œuvre du maître. Puis il la rejoua encore, pour définir avec exactitude tous les sons à reproduire.

Outre le cri, il y avait aussi le bruit des chairs transpercées quand l'assassin larde sa victime de la lame de son couteau et, au matin, sans avoir dormi une minute, Théophraste se rendit au marché où il acheta des pommes, des poivrons et quelques melons. Des fruits et légumes gorgés d'eau qui, selon lui, offriraient lorsqu'on les cisaillerait l'effet de la chair tranchée et celui, plus liquidien, d'une certaine humidité imitant le sang. Il avait bien pensé à faire l'acquisition d'un petit animal, comme un porcelet, ou d'attirer un chien errant jusque chez lui, mais aucun des deux ne serait mort en silence et ils auraient, par les aboiements ou les grognements, couvert le reste.

Il fit ensuite le tour des cinémas où il punaisa à l'entrée, à l'endroit des petites annonces professionnelles, la requête suivante : « *Recherche actrice/doubleuse de voix de cinéma, pour enregistrement. Audition lundi, à partir de 8 heures du matin à l'adresse suivante...* »

*

Si sans conteste, mieux que les melons et les pommes, le poivron avait rendu à la perfection la sensation de chairs tranchées, l'audition du lundi fut au contraire particulièrement décevante. Il avait tout d'abord essuyé quelques refus de certaines candidates que son bric-à-brac avait dégoûtées et que sa cave mal éclairée avait convaincues de ne pas s'attarder. Les plus courageuses n'en furent pas spécialement plus talentueuses et chacun de leur mugissement fit honte à Théophraste, qui s'imaginait constamment surveillé par Fermonte, comme une ombre tapie dans un coin de sa cave.

Las, il s'apprêtait déjà à rédiger d'autres annonces et à quitter Paris pour les distribuer, quand la cloche de l'entrée résonna.

Elle s'appelait Juliette Casteran, arrivée depuis peu à la capitale, férue de cinéma quand ses finances lui permettaient de s'acquitter d'un billet, pas actrice pour un sou, mais curieuse de tout ce qui touchait à ce milieu, et assez téméraire pour se rendre à une audition sans en connaître le métier. Mais puisqu'il ne s'agissait que de crier, Théophraste la rassura.

*

Il fallut remercier l'épaisseur des murs pour ne pas avoir reçu la visite de tous les policiers du quartier, sifflets à la bouche, matraques à la main, tant Juliette avait donné du coffre cette nuit-là. Bientôt, aux premières heures de l'aube, épuisée et ivre de vin dont elle raffolait, elle offrit enfin à l'actrice le cri qu'elle méritait. Et Théophraste la paya sans pingrerie, un peu plus qu'il lui avait promis.

À sa demande, il la raccompagna, traversant la ville dans les brumes du matin, jusqu'à la pension de famille où elle avait une chambre, le temps, assurait-elle, d'avoir un emploi stable et un honnête compagnon. Bordeaux l'avait trahie, disait-elle, et elle en ramassait encore les miettes de son cœur. Sa famille l'avait répudiée pour des raisons qu'elle ne souhaitait pas lui raconter, puisque, même s'il l'avait employée une nuit, il restait un étranger. Mais avant qu'il ne prenne congé, tout étranger qu'il fût, elle déposa sur sa joue un tendre baiser.

Chapitre 4

Treize jours plus tard exactement, Théophraste Brandicourt reçut chez lui une enveloppe sur laquelle un timbre italien manqua de le faire défaillir. La réponse tant attendue était contenue dans ce courrier, entre ses lignes. En sortant la lettre s'échappa un billet bleu de vingt francs à l'effigie du chevalier Bayard, qu'il mit de côté tant il était impatient de lire le retour du maître.

San Remo, 6 mars 1922.

Monsieur,

Veuillez accepter les excuses d'un vieil homme que la vie aura rendu sûrement trop exigeant.

J'ai joué et rejoué le cri que vous avez enregistré. Je vous l'assure, il conviendrait à n'importe quel film et à n'importe quel réalisateur. Mais je ne suis que vérité, elle me possède et me commande dans chacun de mes travaux, et elle n'est pas atteinte ici. La surprise est facile, le cri de peur aussi, mais il y a dans l'effroi et la douleur des notes sublimes que l'on ne peut manifestement atteindre en les imitant.

L'entreprise était trop ardue pour vous, mais je vous prie d'accepter mes remerciements pour les efforts et le travail. À cet effet, vous trouverez dans l'enveloppe un peu d'argent pour vous dédommager.

Un homme de confiance viendra reprendre le gramophone que je vous ai prêté, ainsi que la bande de mon film. Il se nomme Cesare, vous l'avez déjà rencontré et probablement reconnu, puisqu'il est aussi l'un de mes acteurs.

Cordiali saluti,

Luciano Fermonte.

Chapitre 5

Il y a dans l'effroi et la douleur...

Ivre, vexé et malheureux d'avoir raté la chance de sa vie, Théophraste avait écumé les cafés parisiens la nuit durant, jusqu'à ce que ses pas titubants le portent devant une petite pension familiale dont il connaissait l'une des locataires.

Il y a dans l'effroi et la douleur des notes sublimes que l'on ne peut manifestement atteindre en les imitant...

Selon ses propres mots, elle était loin de chez elle, n'avait aucune connaissance dans la capitale et s'était éloignée de sa famille qui, de son côté, n'avait pas non plus remué ciel et terre pour la retrouver.

Personne ne la connaissait. Personne ne la rechercherait.

Chapitre 6

Cesare toqua lourdement deux fois à la porte, si fort qu'elle se serait certainement dégondée si Théophraste n'avait pas ouvert à temps. Il avait préparé et empaqueté le gramophone, les disques non utilisés et la bobine de *La Donna assassinata* et avait rangé le tout dans la grande boîte en bois, comme il l'avait reçue quelques semaines auparavant. Mais de la main à la main, il tendit à l'homme au visage brûlé un disque entouré d'un épais tissu pour le protéger. « Un disque, dit-il en français, qu'il faut absolument que le maître écoute. » Et son empressement et sa ferveur n'eurent besoin d'aucune traduction. Comme si l'objet était fait du verre le plus fin, Cesare le prit avec délicatesse et le glissa dans sa sacoche.

Avec un peu moins de précautions, il souleva la caisse en bois avec autant de facilité que si elle avait été vide et la chargea à l'arrière d'une camionnette qui attendait, portes arrière ouvertes, moteur tournant, puis il rejoignit le conducteur à casquette vissée sur le crâne. Ils disparurent au coin de la rue, dans un nuage de fumée noire, toussée par un pot d'échappement fatigué.

Chapitre 7

Théophraste redoutait la nuit.

Le jour devant sa fenêtre, portant les mêmes vêtements depuis la dernière visite de Cesare, il attendait en scrutant les allées et venues de sa rue, comme les chiens de la campagne attendent leur distraction favorite : un facteur, ou des gamins farceurs.

Le soir, il s'enivrait plus que de raison, dans le seul espoir d'éteindre jusqu'à ses pensées. Mais invariablement, comme une bobine sans fin rejouerait une scène en boucle, à peine fermait-il les yeux qu'il était pris dans le piège d'un même cauchemar.

Juliette était assise sur le rebord de son lit, le visage tuméfié, le regard triste, et elle lui parlait sans qu'aucun son sorte de sa bouche.

Il se réveillait alors en sursaut, assailli par la culpabilité et la honte, assailli par les images gravées dans sa mémoire.

Juliette et sa surprise de le voir. Son ravissement, lorsqu'elle crut son mensonge et qu'elle le suivit jusque chez lui, pour qu'il lui présente ce nouveau film, ce nouveau projet, sur lequel sa voix serait parfaite. Ses joues qui s'étaient teintées de rose lorsqu'il l'avait embrassée dans son salon. Le sang qui avait coulé de son front lorsqu'il avait frappé trop fort pour l'assommer. Son réveil, attachée dans la cave, et tout ce qu'il lui avait fait subir pour obtenir le cri parfait.

Puis enfin, juste avant l'aube, son corps sans vie, jeté dans une ruelle sombre, pas loin de la maison close *Aux Belles Poules* qui connaissait alors ses heures de gloire. Le corps sur le trottoir, un bras dans la rigole du caniveau, la main dans l'eau sale qui s'y jetait.

Jours ivres et nuits blanches.

Jusqu'à une lettre, portant un timbre d'Italie.

San Remo, 5 avril 1922.

Mon très cher ami,

Vous l'avez trouvée. C'est bien Elle.

Ne perdez pas de temps, je vous en supplie. Rejoignez-moi.

Il vostro admiratore,

Luciano.

Le souffle court, entre doute et espoir, Théophraste plongea la main dans l'enveloppe, dont il sortit un billet de train de la ligne *Calais-Méditerranée Express*. Le billet mentionnait un voyage de Paris à Vintimille pour le lendemain même, sans billet retour.

Sans attendre, il prépara une petite valise, et si l'on avait filmé la scène, le public aurait pu hésiter : voyait-on là un homme pressé d'aller vivre son rêve, ou n'était-ce qu'un lâche qui fuyait son fantôme ?

Chapitre 8

En gare de Vintimille, Théophraste fut accueilli par Cesare qui, entre-temps, n'avait aucunement progressé en français. Il était aussi imposant que la voiture dont il ouvrit la porte et dans laquelle, d'un geste, il l'invita à prendre place.

San Remo se trouvait à vingt-quatre kilomètres de là, et il suffisait de longer la côte du golfe de Gênes pour arriver à la villa Fermonte. Le bleu de la mer de Ligurie se confondait avec celui des cieux et le silence du trajet fut compensé par la beauté du paysage.

À l'approche de leur destination, ils quittèrent la route pour emprunter un chemin de terre sinuant à travers une châtaigneraie qui, une fois les derniers arbres passés comme on ouvre le rideau d'une salle de spectacle, offrait une vue complète sur une villa d'une élégance intemporelle dont les grandes façades symétriques, les toits aux tuiles noires d'Ardésie, et les voûtes ornées de fresques colorées respectaient les codes de l'architecture Renaissance.

Pour atteindre la villa, il fallait traverser un jardin panoramique en demi-cercle, hérissé de palmiers et de cyprès, bordé d'un muret à colonnes et parsemé à espaces réguliers de statues blanches de femmes drapées, protectrices, sentinelles ou vigies, et qui, en toute exclusivité, ouvrait sur la mer de Ligurie comme si elle aussi appartenait à Fermonte.

Empruntant l'imposant escalier central en double hélice de l'entrée, Cesare mena Théophraste à sa chambre et lui indiqua l'heure du dîner où il retrouverait la compagnie du maître, « ces jours-ci un peu fatigué », prévint-il.

Le jeune Parisien déposa sa valise sur les draps de soie rouge, ouvrit d'un geste sec les rideaux aux mêmes couleurs de sang, pour faire entrer un peu le soleil dont les rayons traversaient les feuilles des hauts palmiers du jardin pour jeter leurs ombres en longues griffes sur les murs de la chambre.

Impatient et intimidé par la rencontre à venir, il resta assis sur le bord du lit en regardant les aiguilles de l'horloge dorée de sa table de chevet.

Plus il les regardait, moins elles avançaient, jusqu'à ce qu'un triolet de coups toqués à sa porte par Cesare le délivre enfin.

*

Le soir tombait avec la douceur d'un voile sur le jardin où une table à nappe blanche avait été dressée de deux flûtes en cristal, remplies de champagne. Le ciel dégagé se parsemait d'étoiles. Partout sur la pelouse rase avaient été allumées de petites bougies dans des lanternes en verre.

Bruit de gravier écrasé. Théophraste se retourna à l'arrivée de Luciano Fermonte, assis dans un fauteuil roulant poussé par son homme de confiance.

Le maestro ne s'ennuya pas de banalités et ni la qualité du voyage ni l'installation dans sa chambre ne servirent d'introduction. Pas plus que le fauteuil roulant qui emprisonnait désormais Fermonte.

— Savez-vous d'où vient le tout premier film d'horreur, cher ami ?

— Me verrais-je renvoyé à Paris si je devais me tromper ? tenta d'ironiser l'invité.

Fermonte laissa passer cette insolence. Gêné, Théophraste toussota avant de poursuivre :

— Deux réponses pourraient convenir. En 1895, dans un film de dix-huit secondes, l'Américain Alfred Clark rejoue la décapitation de Marie Stuart, reine d'Écosse. Mais dix-huit secondes et une scène font-elles un film ?

Fermonte trempa à peine ses lèvres dans sa coupe, attendant la suite.

— Je répondrais donc qu'il s'agirait plutôt de l'œuvre de Georges Méliès *Le Manoir du Diable*, qui, d'ailleurs, met davantage en scène un vampire qu'un Diable, mais je pinaille. Une bobine de trois minutes et treize secondes qui contient en elle tous les ingrédients d'un genre à venir, et la mise en place des cinq actes nécessaires. La présentation des personnages, les événements perturbateurs, le pic de l'horreur, l'enquête sur les raisons de ces événements, et le grand final.

— Malheureusement, ce dernier m'apparaît plutôt comme une farce, opposa Fermonte.

— Je vous l'accorde. Pas de têtes tranchées ni autres mutilations, pas de couteaux ni de fusils, pas de sang ni de violence. Juste un vampire qui se transforme en chauve-souris et quelques femmes en tuniques blanches qui dirigent nos malheureux personnages vers l'Enfer. À dire la vérité, je me serais bien ennuyé à en faire le doublage sonore.

— Il manque surtout la rencontre unique entre un réalisateur et son actrice, précisa Fermonte. Il manque un visage, il manque la cruauté clinique de l'acte de mort, filmé sans crainte, au plus proche, intimement.

— J'imagine que ma présence implique que d'autres films comme *La Donna assassinata* cherchent encore à trouver les sons qui doivent les accompagner. Et j'ai, pour cela, beaucoup travaillé. Savez-vous que le céleri que l'on tord ou que l'on casse en deux restitue à s'y méprendre le bruit des os que l'on brise ? Qu'une pomme écrasée avec le pied ferait jurer à un témoin aux yeux bandés que l'on vient d'écraser un crâne. Et si la pomme est pourrie, on entendrait presque le juteux cerveau s'en échapper. Comme vous le voyez, je suis prêt à ajouter à vos créations la bande-son qu'elles méritent.

Et puisque la nourriture avait aussi d'autres usages, Cesare déposa devant Théophraste une assiette pleine d'une soupe de poisson, une autre plus petite, de salades colorées, quelques olives marinées, un petit banc d'anchois encore brillants et du pain chaud, gorgé d'huile d'olive.

— Auriez-vous déjà soupé ? s'étonna Théophraste.

— Je me nourris de pilules, de poudres et de sirops, répondit le génie. Désolé, la maladie m'a pris de court, et sa propagation a pris de court mes médecins. La nourriture refuse de rester dans mon estomac. Je serai de bien mauvaise compagnie à vous regarder manger. Mais surtout, je tiens à garder des forces pour notre conversation de demain. Car c'est demain que se préciseront les termes de notre accord. Cependant, avant d'être collaborateur, il faudra ce soir que vous redeveniez simple spectateur.

Puis le maître conclut :

— Selon vos envies, alcools, cigares ou compagnie, Cesare y pourvoira. Il s'est appliqué à connaître les personnes les moins fréquentables pour obtenir les meilleurs poisons. Je vous raconterai un jour son histoire, mais je crains que vous ne fermiez votre porte à double tour, si je commençais ce soir.

Et sur ces mots, il laissa son « *imitatore della vita* », seul face à la mer de Ligurie, à son ressac apaisant, en compagnie des statues drapées du jardin, comme pétrifiées par l'un des plus beaux spectacles du monde.

Chapitre 9

Luciano Fermonte avait fait construire dans son sous-sol, et selon ses propres plans, sa salle privée de cinéma. Au fond, un mur peint de vernis blanc renvoyait l'image mieux que ne l'aurait fait un simple drap tendu, et deux lignes de cinq fauteuils rembourrés remplissaient une bonne moitié de la pièce. Plus haut et derrière, dans la cabine de projection, à côté du cinématographe, étaient posées onze bobines, tournées en muet, à qui il fallait rendre vie sonore.

Chacune d'entre elles portait un numéro différent, mais le même titre, laissant entendre qu'il y avait là toute une collection, nommée *La Dodecalogia dell'orrore*. Et puisqu'il n'y avait que onze bobines, numérotées de deux à douze, Théophraste en déduisit que le premier acte devait être celui de la *Donna assassinata*, pour lequel il avait déjà trouvé le cri parfait.

Loin de Paris, il n'avait pas encore pensé à Juliette Casteran. Loin de Paris, il s'était laissé bercer par cette opportunité formidable de travailler avec celui qu'il idolâtrait. Mais qu'adviendrait-il si, dans ces onze autres films, onze autres victimes devaient crier, et si pour ces onze autres victimes, le maestro attendait un résultat aussi véritable ?

Fébrile, Théophraste lança la première des bobines.

Quelques images noires tressaillantes. Vint enfin la lumière. Une femme en tailleur clair, un sac à la main, toque à la porte d'un commerce. Un réverbère s'allume non loin, il est déjà tard. Sans réponse, elle pousse la porte, mais l'endroit est vide, de clients comme de commerçant. Elle appelle en vain, les deux mains en porte-voix, montre son impatience, les deux poings sur les hanches, avant de se décider à se rendre dans l'arrière-boutique. Elle ne voit pas derrière elle un homme qui porte sur le visage la peau d'une tête de cochon, le groin froissé. Il lève haut la lame de son hachoir. Les traits de la condamnée dessinent sa surprise, elle regarde ailleurs, hors champ, semblant chercher une issue. Mais le coup s'abat sur son crâne qui s'ouvre en deux et laisse échapper un bouillon de liquide noir. Elle hurle de douleur, elle tangue et s'écroule. *Cut.* Le lendemain, notre commerçant, de dos, ouvre le rideau métallique qui révèle l'intérieur d'une boucherie. Courtois, il ouvre la porte à sa première cliente, un bambin tenu à la main. « *Buon appetito* » apparaît sur un carton à l'écran. Fondu au noir. Fin de bobine.

Suivirent les dix autres. Puis l'œuvre visionnée dans sa totalité, il les relança toutes du début. Puis une dernière fois, jusqu'à ressentir une certaine nausée.

Il y avait là onze films bien différents. Onze victimes, invariablement féminines, tuées d'autant de manières que l'imagination le permet, avec tant de perversité et d'extravagance qu'ils étaient assurés d'être tous interdits de diffusion dans la capitale française, et dans toutes les autres capitales, c'était à parier.

Il y avait aussi un lien entre elles. Un fil invisible de couturière qui semblait relier chacune des pellicules. Un lien que Théophraste ressentait, sans réussir à le définir précisément, encore moins à le verbaliser.

Il y avait surtout onze nouvelles femmes, onze nouveaux cris, et une seule Juliette Casteran, dont les talents s'étaient éteints dans une cave parisienne.

Ainsi, demain, Théophraste devrait avouer son impuissance à répondre aux attentes de Fermonte. Essayer ne lui ferait que courir le risque de trahir son œuvre. Il lui dirait alors qu'il préférait partir plutôt que de le décevoir.

En remontant dans sa chambre, accompagné des douze visages déformés par l'effroi, sa nuque et son dos se couvrirent d'une sueur glacée alors qu'il longeait les sombres couloirs de la villa muette.

Cherchant le sommeil, il se repassa les douze films, cherchant ce fameux lien invisible, en vain. Et quand ses yeux se fermaient, qu'il s'assoupissait enfin, Juliette sortait de sa tombe pour venir danser sous ses yeux, son visage tuméfié, son maquillage coulant comme des larmes noires.

Il passa la nuit avec elle, à se réveiller en sursaut et à s'excuser, et avec le lever du soleil, les yeux rouges de fatigue, elle le laissa enfin en paix.

Chapitre 10

Fermonte, vissé sur son fauteuil roulant, s'était autorisé une tasse de café clair que tout Italien respectable aurait refusée d'un geste de mépris. Mais son pauvre estomac ne pouvait accepter autre chose, et il y avait fort à parier que même cela, il ne pourrait l'avaler. Il remarqua pourtant l'inconfort de son invité.

— Vous semblez épuisé, mon cher ami. En suis-je la cause ?

Théophraste approcha un cannolo à l'orange et à la crème et, prévenu par un haut-le-cœur, le redéposa doucement.

— Épuisé et souffrant, constata le maestro, à voix haute.

— Je crains d'avoir été trop passionné. J'ai regardé votre *Dodecalogia dell'orrore* jusqu'au milieu de la nuit, encore et encore.

— *È affascinante, non è vero ?*

— Fascinant, oui. Mais… Je ne veux rien d'autre qu'être honnête avec vous…

Refusant d'entendre la suite, Fermonte lui coupa la parole en levant un doigt en l'air.

— Avez-vous entendu parler des enquêtes de Sherlock Holmes d'Arthur Conan Doyle ?

— Un peu, mais j'avoue ne pas lire beaucoup.

— Rassurez-vous, vous aurez l'occasion de les voir un jour portées à l'écran pour un public qui n'est pas le mien, mais elles feront sensation, j'en suis certain. Laissez-moi donc vous réciter de mémoire la manière dont l'une de ses connaissances décrit le célèbre détective anglais.

Fermonte s'éclaircit la voix et ouvrit plus largement le nœud de son écharpe.

— « Holmes est un peu trop scientifique pour moi, cela frise l'insensibilité ! Il administrerait à un ami une petite pincée du poison le plus récent, non pas, bien entendu, par malveillance, mais simplement par esprit scientifique, pour en connaître exactement les effets ! Et soyons juste, il en absorberait lui-même, toujours dans l'intérêt de la science ! Voilà sa marotte, une science exacte, précise… »

— C'est votre commune recherche de la vérité qui vous rapproche de ce personnage ? comprit Théophraste.

— Tout à fait, mon cher ami. L'absolue vérité. Celle que je demande au jeu de mes actrices. Celle que vous m'avez offerte avec ce cri. Ce cri qui me hante depuis que vous l'avez enregistré. Et je comprends ce matin votre inquiétude, car ce cri, vous ne pourrez le répéter onze fois encore. Ce cri n'existe et n'existera plus que sur ce disque gravé.

Théophraste se fit silencieux et piocha devant lui dans une petite boîte en bois noir une des cigarettes qu'elle contenait. Il l'alluma et tira une longue bouffée.

Fermonte se fit alors apporter une pile de journaux français que Cesare déposa en débarrassant le café clair, et maintenant froid.

— Tout artiste garde un œil sur Paris. Qu'il soit en devenir ou déjà consacré par le public, tout artiste rêve de s'y produire. Paris absorbe toutes les modes et tous les courants, Paris accueille l'héritage comme l'avant-garde, l'ancien comme le neuf. Et tout est là, dans ces journaux que chaque semaine je me fais parvenir. Tout est là, dans ces pages, où les programmes du théâtre, du cinéma et de l'opéra se mélangent avec les nouvelles politiques, les faits de société et, aussi sordides que mes films, les faits divers.

Le maître ouvrit les pages du premier quotidien et feuilleta jusqu'à s'arrêter sur l'un d'eux.

— Est-ce elle ? demanda-t-il à Théophraste, le doigt pointé sur le titre de l'article : « *Une jeune femme égorgée, retrouvée aux halles Baltard* ».

Théophraste éteignit sa cigarette dans le fond de sa tasse.

— J'ignore tout à fait ce que vous cherchez à me faire dire…

Fermonte attrapa alors un autre journal.

— Ou alors, se pourrait-il que ce soit elle ? demanda-t-il en désignant un autre article dont le chapeau frappa son invité au ventre : « *Le corps sans vie d'une jeune femme, dont l'identité reste encore inconnue, a été retrouvé ce matin, le visage déformé par les coups, le corps couvert de brûlures, à proximité de l'établissement des* Belles Poules*, la tristement célèbre maison close parisienne.* »

Le visage de Théophraste perdit alors toute couleur, comme vidé de son sang par le vampire de Méliès. Luciano Fermonte avait vu juste.

— La vérité, mon ami. Sa mélodie, son intonation et ses inflexions sont uniques. Inimitables. Et dans le cri que vous m'avez offert, cette vérité, je l'ai reconnue, car j'en ai entendu de semblables, douze fois, à une époque où malheureusement je n'ai pu les enregistrer en même temps que les images.

La nausée avait violemment repris Théophraste et, malgré l'esthétique impeccable du jardin et la mer qui s'enfuyait à l'horizon, il se sentit en enfer. Un enfer gardé par douze statues drapées de blanc aux visages de femmes.

Et d'une statue à l'autre, d'un visage à l'autre, apparut alors soudainement sous ses yeux, l'invisible fil de couturière qui reliait chacun des douze films et qu'il avait cherché à identifier la nuit durant. Les images de la veille se projetèrent sur l'écran de sa mémoire et le transportèrent à Paris, lors de la première de la projection française de *La Donna assassinata*, à cet instant précis où les traits de l'actrice dessinent sa surprise, lorsqu'elle regarde ailleurs, hors champ, semblant chercher une issue. Elle était là, cette similitude, celle qui se répétait douze fois et qui faisait de la dodécalogie une œuvre complète. Elle était là, dans ce regard qui ne jouait pas.

Personne ne les avait prévenues que le script n'était pas complet. Qu'il en manquait la conclusion. Cette conclusion où l'assassin, tenant un couteau, un hachoir, un fusil ou un marteau, entrait en scène. L'actrice, la première comme la douzième, cherchait alors, hors champ, le regard du réalisateur. Doit-elle continuer ? Improviser ? Mais elle ne reçoit aucune indication. Puis elle comprend. L'effroi. La peur. La douleur. Inimitables. Il n'y a qu'ainsi que le maestro avait réussi à les saisir et à les emprisonner sur la bande.

Douze femmes, douze statues, dans un jardin cimetière à la vue imprenable sur la mer de Ligurie.

— Ce serait à mon tour de remplir les pages des faits divers, si la police venait à creuser ici, sembla se vanter Fermonte. Et qui sait ? Peut-être ferais-je la une !

— Non, souffla Théophraste. Non, c'est impossible.

— C'est pourtant ce que je vous propose. Avec l'aide de Cesare. Vous ai-je déjà dit qu'il s'était appliqué à connaître les personnes les moins fréquentables pour obtenir les meilleurs poisons ? J'avais oublié de préciser qu'il savait aussi trouver les parfaites candidates. Celles, attirées par les promesses de la célébrité, mais celles, surtout, qu'on ne recherchera jamais. Isolées, invisibles, en fugue, sans amis ni famille. N'est-ce pas de cette manière que vous avez choisi la vôtre ? Que vous coûterait-il de recommencer encore onze fois ?

Théophraste bondit de sa chaise, refusant la réalité,

— Mon âme, pardi ! Voilà ce que cela me coûterait !

— Votre âme ? Mais vous l'avez déjà perdue. Et comment pourriez-vous refuser ? De la médecine légale à l'anthropologie en passant par la dactyloscopie[1], l'identité judiciaire française est à la pointe de la technologie et votre police, l'une des meilleures. N'avez-vous laissé chez vous aucune trace ou indice ? Votre actrice n'a-t-elle laissé aucun vêtement, aucune empreinte ? Le trajet pour vous en débarrasser s'est-il fait avec toute la discrétion nécessaire ? Paris est grand mais ne dort jamais et fallait-il qu'à cet exact moment, la totalité de ses trois millions d'habitants regarde ailleurs. En un avertissement comme en cent, êtes-vous sûr qu'un courrier anonyme, qui dirigerait les enquêteurs vers votre

1. Procédé d'identification par les empreintes digitales.

domicile, ne vous mènerait pas en prison pour le reste de vos jours ?

Les deux mains puissantes de Cesare rassirent de force l'invité sur sa chaise.

— Onze cris. Seulement onze cris pour parfaire l'œuvre d'une vie. Votre nom, pour l'Histoire, associé au mien, et le délice de n'être que trois à connaître la vérité de la *Dodecalogia dell'orrore*. La vérité… Elle revient toujours, n'est-ce pas ?

Le fantôme de Juliette Casteran s'assit sur le muret qui bordait le jardin. Elle lui parlait, ses lèvres bougeaient, sans un bruit pourtant.

— Me dénoncer vous dénoncerait par la même occasion, poursuivit Fermonte. Nous sommes désormais unis…

Un immense nuage blanc envahit le ciel et le vida de son bleu. L'écran était tendu, la projection pouvait commencer.

— Je ne vous demande qu'une seule chose, mon cher ami. À mes actrices muettes, rendez la voix.

Table

Centre de transcription
et d'édition en braille (CTEB)

Que peut-on perdre si on ne lit plus de livres ?

Réponse : l'orthographe et la grammaire ! L'illettrisme augmente.

1,7 million de personnes ont un trouble de la vision en France. 207 000 sont aveugles et malvoyants sévères. La cécité augmente. 800 000 livres sont disponibles en France chaque année et seuls 6 % sont accessibles en braille ! Mais le prix de revient d'un livre en braille est de plus de 500 euros !

Le CTEB, association à but non lucratif et reconnue d'intérêt général par l'État, agit depuis 37 ans pour l'accès à la lecture et à la culture des déficients visuels francophones. Librairie braille en ligne, imprimerie tactile novatrice, nous enrayons la pénurie de livres en braille et rendons leur achat financièrement accessible.

Rendons la culture accessible aux déficients visuels : aidons le livre en braille !

Il n'y a pas de publics « empêchés de lire ». Il existe une lecture adaptée à chacun et à chaque handicap. Être aveugle ne veut pas dire ne plus lire. On doit d'autant plus accéder à la lecture que le handicap visuel exclut dès le plus jeune âge. L'édition adaptée aux handicaps n'est pas soutenue par les pouvoirs publics ou les éditeurs « classiques ». Pourtant elle est là, moderne, éclectique, performante, pour les adultes comme pour les enfants. Les livres tactiles permettent l'accès à l'orthographe, à l'éducation, à l'enseignement, puis à l'emploi. La lecture fait rempart à l'illettrisme et à la perte d'autonomie.

En favorisant le livre pour tous, vous soutenez l'égalité des chances !

50 % de notre catalogue et de nos ventes sont des ouvrages pour enfant. Innovants, illustrés en relief, ils favorisent la lecture partagée dans les familles, à l'école, en bibliothèque et produisent des supports adaptés entre professionnels et déficients visuels.

Et avec le CTEB, vous soutenez une première dans notre société :

Depuis 2023, les aveugles peuvent acheter leurs livres au même tarif que les voyants grâce au CTEB ! Financée sur nos fonds propres, cette opération demande votre aide pour durer, modifier la loi et le paysage culturel français !

Découvrez toutes les missions du Centre de transcription et d'édition en braille sur notre site : ***www.cteb.fr***

PAPIER CERTIFIÉ

Le Livre de Poche s'engage pour l'environnement en réduisant l'empreinte carbone de ses livres. Celle de cet exemplaire est de :
100 g éq. CO_2
Rendez-vous sur www.livredepoche-durable.fr

Composition réalisée par PCA

Achevé d'imprimer en France par
CPI BRODARD & TAUPIN (72200 La Flèche)
en septembre 2025
N° d'impression : 3062307
Dépôt légal 1re publication : octobre 2025
LIBRAIRIE GÉNÉRALE FRANÇAISE
21, rue du Montparnasse – 75298 Paris Cedex 06
marketing@livredepoche.com

10/0557/0